爆肝工程師的異世界狂想曲 1

Kadokawa Fantastic Novels

佐藤
三十歲左右的程式設計師。在加班修羅場中小睡片刻，醒來人卻在異世界……
潔娜・馬利安泰魯
十七歲。爵士家的千金小姐，同時也是聖留伯爵家的魔法兵。

小玉
貓耳族少女。滯留在迷宮的時候，被佐藤撿到。
莉薩
鱗族少女。滯留在迷宮的時候，被佐藤撿到。
波奇
犬耳族少女。滯留在迷宮的時候，被佐藤撿到。

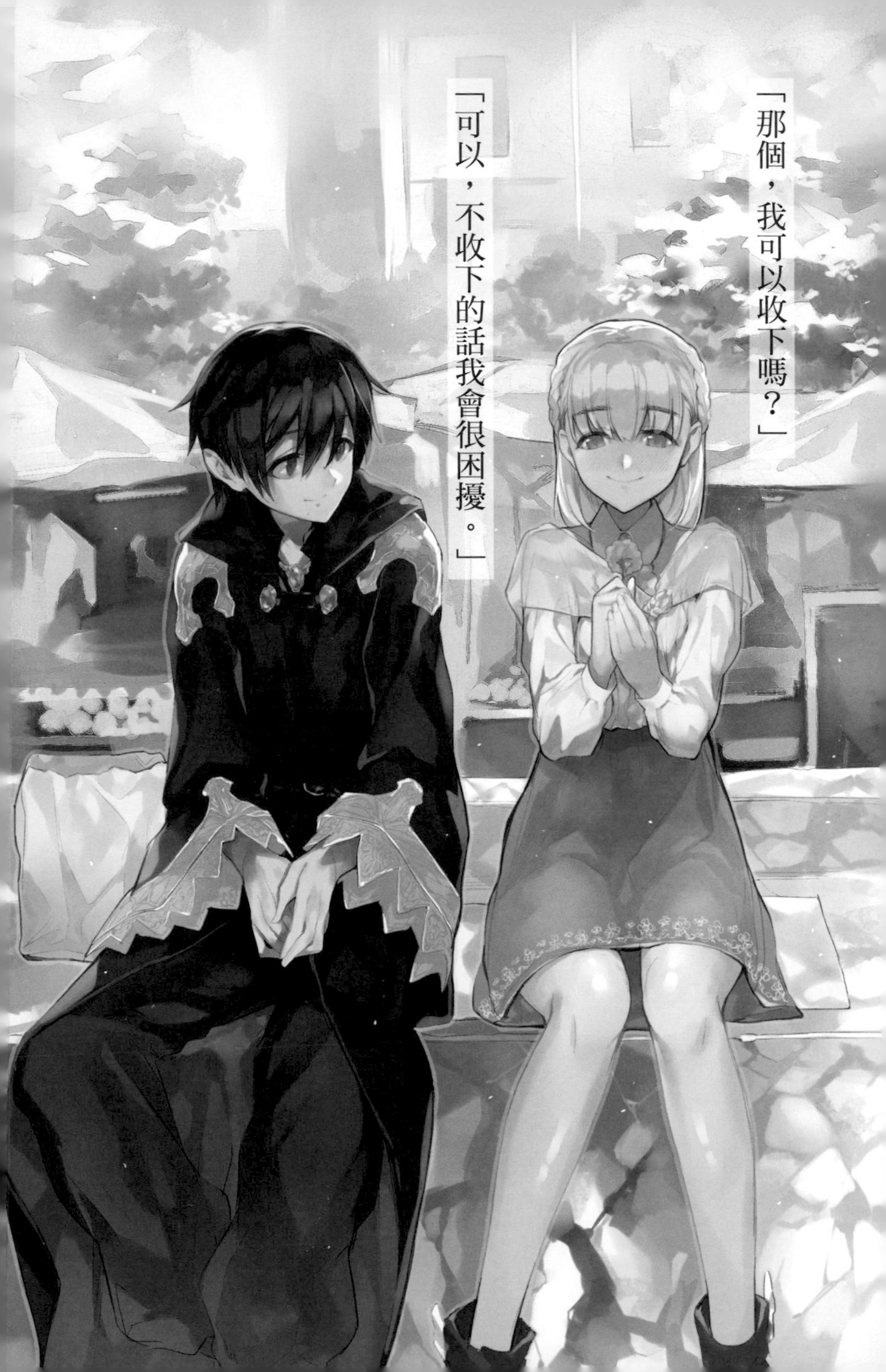
「那個，我可以收下嗎？」
「可以，不收下的話我會很困擾。」

爆肝工程師的異世界狂想曲

1

愛七ひろ

Death Marching to the Parallel World Rhapsody

Presented by Hiro Ainana

Kadokawa Fantastic Novels

插畫／shri

C O N T E N T S

Death Marching to the Parallel World Rhapsody

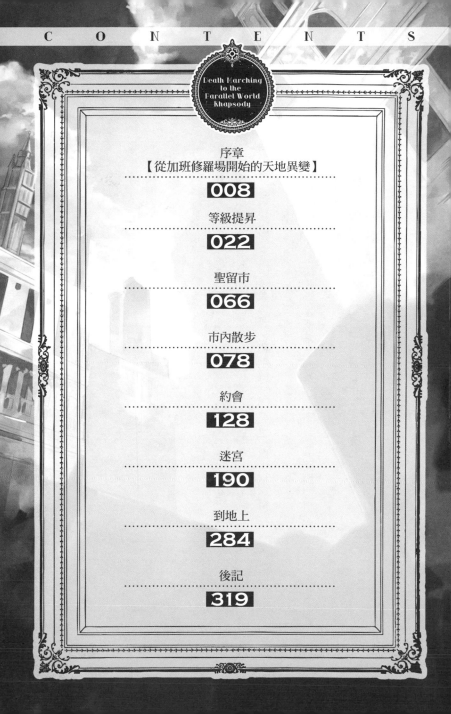

序章　【從加班修羅場開始的天地異變】

星星飛馳而過。

成千上萬，不計其數。

你曾經見過流星嗎？

有對那眩目幻境著迷之人、有高聲呼喊願望之人，我認為人各有異。

然而，隕石劃破天空直墜而下的景色，可沒有親眼瞧見過了吧？

伴隨著轟隆巨響劃裂天際，憑那質量和壓倒性的速度衝擊大地的模樣。

或許其中有人在電視及網路動畫網站上看過也說不定。即使如此，想必沒有人想看隕石近距離傾瀉而降。

沒錯，現在我眼前的大地，有逾百顆的隕石正接連不斷地掉落下來。

不對！不應該說得像是別人家的事，因為引發這場天地異變的人，無庸置疑就是我。

約莫十分鐘前，不假思索的選擇，如今化為流星，將大地刨出一個又一個的坑洞。

流星從短短幾公里外直至遙遠彼方的大峽谷，朝寬廣範圍的大地上衝撞，蹂躪我推測位在那裡的「敵人」。

視野角落上的雷達光點猶如拭去髒汙般不斷消失，雖然從我這個地方判別不太出來情況，但落下的地點應該有無數生命正在逝去。

然後幾乎所有流星消失於地表之際，墜落聲才終於到達，稍晚地鳴也變成了震動傳遞而來。

匍匐大地的沙塵巨浪眼看就要逼近——

忽然，宛如天譴一般的劇痛感向我襲擊。

像是要鋸開我的腦門。

像是要將我五馬分屍。

那份痛覺使我喪失了意識，隨即，我的身體遂被沙塵巨浪給吞沒殆盡。

◆

時間往前回溯一點。

我為了讓岌岌可危的專案趕上交件期限，假日到公司加班。我的工作是受大企業委託開發智慧型手機用的ＡＰＰ與電腦網頁遊戲的外包公司程式設計師。

無論這是一間多麼黑心的公司，平常並不會讓一個人分配執行達兩個專案以上，然而規格修改和Ｂｕｇ繁多的緣故，後輩的年輕程式設計師在交件期間失蹤了！實在令我痛心！

由於職場離職率高，導致任職於這間公司的程式設計師，只有後輩和我兩個人而已。在不可能期望公司緊急補人的狀況下，我陷入除了自己的專案以外，還得幫後輩火燒屁股的專案收拾善後的困境。

「好了，所有類別輸出入和註解都完成了，之後用自動文件生成器從程式碼構成文件及關聯圖就能正式排除Ｂｕｇ了～」

我稍微伸了伸懶腰並喀啦喀啦地轉動脖子。

環顧周遭，所有人都來上班的程度，根本讓人不覺得是假日。十分遺憾，這就是平時的職場光景。

隔壁座位上的除錯發包負責人，一邊嘰哩咕嚕地碎唸一邊執行工作，可是沒有人投以奇異的眼光。根本沒有那種空閒吧。

四周的美術設計及遊戲企劃也正以死人般的空洞眼神，默默推進自己的作業。

我泡了杯咖啡回到座位，電腦已經結束工作，完成了除錯所需的資料。

話雖如此，連資料都沒有就進行作業，難怪會火燒屁股。

向連進行ＯＪＴ（註：On-the-Job Training，在職訓練）的空閒都沒有，就被迫投入實戰的後輩抱怨也沒有用吧？半年前後輩進入公司的時候有四位程式設計師，現在卻剩我一人，這件事公司方面不曉得怎麼看待。

「佐……鈴木，客戶抱怨ＷＷ那邊的難易度對新手來說太難了，需要修正，怎麼辦？」

回過頭，總監兼企劃的肥仔一如既往以困擾的神情問道。

差一點就要叫我佐藤了吧，這個混帳。明明團隊都組有半年了，不要給我來差點搞錯這招！

而且，發生了麻煩事居然還一副開心的模樣。為什麼這種開發者Ｍ屬性的人居多啊？

ＷＷ是現在主力開發中的電腦網頁遊戲「WAR WORLD」的簡稱，追加了些許社群交流功能，是以奇幻世界為舞台的戰略型遊戲。

「如果難易度再往下調，我們的主要目標玩家群就不會來玩了，所以不行。我沒說過嗎？」

沒錯，現在的難易度是多次不斷與客戶開會定下的結果。那些浪費掉的時間真的都成了一場空？我要崩潰了。

「把之前沒被採用的初次創角限定獎勵系統，地圖全敵搜索及大概三次份量的地圖殲滅魔法加去上不就好了嗎？如果不使用獎勵就過關，贈予稀有稱號之類的，引導高手玩家們趨向自動自發不去使用呢？」

「反正也沒有時間了，先用那個去做吧～那麼，麻煩鈴木按照那樣去實裝。」

肥仔還是老樣子一派輕鬆地對我說。

「等一下，現在我在趕手遊ＭＭＯＲＰＧ的除錯，你先和客戶取得同意啦！如果隨便放進去又被否決，可沒有修改的時間了。」

「ＯＫ，我現在就打電話確認～」

肥仔搖擺著巨軀，單手持著手機便消失在吸菸區那頭。

從這邊開始，我就一面自言自語一面默默執行作業。

中途收到了肥仔「繼續進行」的手勢，並用垃圾食物墊了墊胃，夜愈來愈深。

我修改後輩所留下來無數粗心的錯誤到凌晨，後續便交給除錯團隊。

話說回來，名字是什麼來著？

總是叫ＭＭＯ或角色扮演遊戲之類的，正式名稱想不起來。

……對了，叫作「FREEDOM FANTASY WORLD」。因為會與ＷＷ的舊名「FANTASY WAR WORLD」混淆，所以誰也不直接叫名字。

回想起來，老舊的企畫書上還寫有ＦＦＷ的簡稱。

而那之後，ＷＷ名稱裡的「FANTASY」被拿掉，角色扮演遊戲也成為了過往的暫稱，如今改為「FREEDOM FANTASY LIFE」，簡稱亦變成了ＦＦＬ。因此現在雖不至於到達混淆的程度，但早知如此何必當初。

「鈴木，儲倉檢測組報告有Ｂｕｇ！」

「這次是什麼？免付費的道具收納容量無上限Ｂｕｇ的話，我剛才處理了喔？」

「那是ＦＦＬ的庫存Ｂｕｇ吧？這次是ＷＷ，好像是道具複製的Ｂｕｇ，詳細說明請看通訊軟體的附加檔案。」

「ＯＫ——可惡，複製的Ｂｕｇ很頑強哪！」

啊，兩邊一旦同時進行就變得很麻煩。順帶一提，所謂的儲倉不是指外部記憶裝置，而是ＷＷ道具收納庫的名稱。

我一邊修改ＷＷ，一邊逐條處理除錯團隊發來的Ｂｕｇ測試報告。

不知何時，肥仔傳來了一封訊息：「ＷＷ在ＢＥＴＡ測試的時候，幫我把儲倉容量的限制給移除掉。」

你這傢伙，怕會挨罵就用傳訊的方法想逃過一劫啊！等下吃飯就讓你請客。

ＦＦＬ的除錯組也因為要測試上限，發來了暫時解除等級限制的要求，儘管那應該是伺服器組的工作。

我邊罵髒話邊繼續修改的工作，啊，今晚也通宵嗎？

測試一直持續到隔天早上，奇蹟似的把ＦＦＬ的客戶端應用程式交件出去。

當然也許還殘留了Ｂｕｇ，但透過網路能發布一種叫作「更新檔」的傳家之寶，我想是沒有擔心的必要。

玩家們的怒罵聲彷彿能聽得見，不過我想睡了。

我把除錯團隊處理作業時我所修改過的ＷＷ執行程式包，用公司郵件轉寄給肥仔後，遂在辦公桌下的安穩天地裡進入久違三十個鐘頭的好眠。

啊，至高無上的幸福。要笑我是社畜就笑吧，現在睡覺才是正義！

◆

你知道「清醒夢」這個詞嗎？

指的是自己意識到是夢時所作的夢。

我現在身處荒郊野外。

是的，荒郊野外。想像成是美國大峽谷一帶就好了吧？

為何我會知道是夢？

還記得剛才在辦公桌底下睡著是其中一個原因，另一個原因是我看得到視野右下方有四個「圖標」，右上方還有寫著「主選單」的工具欄，以及用來戒備周遭的雷達顯示圖。和我直到方才都在處理的ＷＷ介面是相同的東西。

可是！在加班修羅場裡睡著時，在夢中除錯這並非第一次。儘管不是工作室或自己房間，而是荒郊野外這件事是個謎，可能是因為房間太乾燥，諸如此類的理由吧。乾燥土壤的氣味刺激著我的鼻腔。居然聞得到味道，是很稀有的夢。

在進行各種測試之後，我才知道主選單只要用想的就可以打開，若用手去操控，顯示排序就會倒過來以致出現不能觸碰的Ｂｕｇ，真是高明。和打開時同樣的，只要用想的就可以操控，所以沒有大礙。

總覺得主選單的項目若干混雜了ＦＦＬ與ＷＷ，但是在夢裡要求產品整合性也沒有意義吧。

角色名稱一如往常叫作「佐藤」，因為我經常被叫錯成佐藤，測試遊戲的角色大多取這名字。

先撇開不管角色狀態是等級一的初期情形，裝備品居然是睡前放在身上的能量棒、錢包與手機。

哎呀，確實很有夢境的感覺！

放眼望向周遭，在視野的一隅，地面被完整地切開。推測是懸崖什麼的，我走了過去。

看來，這裡似乎是個高台，位在高達一百公尺的斷崖之上。而四周也有數個同樣的柱狀高台聳立在地。崖下是與這裡相同，一望無際的紅褐色荒野。

地平線彼方能看得見猶如地面龜裂開來的裂縫，我開啟地圖確認，目前所在位置周邊以外都是空白。若這是ＷＷ的設計，除了已探索完畢的場景，都將是空白。

左上方的地圖名稱顯示「龍之谷」，所以那個龜裂之處就是龍之谷嗎？我試著聚精會神凝視，也沒見到像是龍的身影。

倒是看見了別的東西。

◆

離我最近的懸崖後方，有什麼東西揚起了沙塵往此處靠近，感覺如同在奇幻電影裡看過的騎兵部隊。

我不經意地凝視視野右下方四個圖標，分別有一個「探查全部地圖」及三個「流星雨」，這是在和肥仔腦力激盪下量身打造出來的新手救助方案。

受到不可思議的焦躁感驅使，我選擇了「探索全地圖」。
雷達搜索完所有敵人後，正在靠近的集團被紅點標註成敵方。
由於雷達範圍狹小，我開啟地圖確認敵人的配置。
靠近的集團似乎是敵人的極小部分，地圖的上半部因敵人過多而被染成了一片紅色。
……敵人，不會太多了嗎？
逼近而來的敵方集團被標示為「蜥蜴人族的精英」，等級約在五十左右，數量多達三百名，看來不是等級一的玩家能徒手打贏的對象。
他們在離懸崖邊際五百公尺遠的地方停止行進。
我為避免被人發現，暫且先藏身於岩石後方觀察他們的動作。
雖然知道他們是騎兵部隊，但用肉眼無法瞧得清楚。從輪廓也能看出坐騎不是馬，但難以再做更進一步的判斷。
其中一個騎兵駕著坐騎朝向這裡過來。
歸功於他往這裡靠近，總算能明確知曉他的樣貌。他們所乘坐的生物並不是馬，而是如迅猛龍一般的恐龍；騎乘於上的鎧甲戰士也不是人，而是蜥蜴人。
「●●●●●●●●！　●●●●●●●●●●●●●●！　●●●●●●●●●●！」

蜥蜴人正以不知名的語言吶喊，很明顯地，這是宛如確信我人躲在這裡才會有的舉動。這稱得上是夢境才會有的荒謬情節吧。

那傢伙等待我的回應好一會兒，或許是對於毫無答覆感到不耐，隨即展開了行動。

他將手中大弓朝向這裡備戰，並使勁地拉緊弓弦，總覺得那傢伙的身體周遭散發出了紅光，可是不久，我便絲毫沒有在乎那種事的餘裕了。

那傢伙射出的箭矢，發出了鳴鏑般的呼嘯響聲，筆直地飛了過來。

對，是筆直地。

而且不因重力影響而偏離軌道，一徑筆直地向我飛來。剎那之間，我已經在夢裡做好了死亡的覺悟，箭矢卻擦過臉頰。

臉頰像燃燒般發燙。

我下意識觸碰臉頰，滑溜溜的觸感傳到了手上。往掌心一瞧，如我所料，染上了鮮紅色。

我舔了舔手所沾到的血跡，有一股鐵鏽味——這真的是在夢境裡嗎——這樣的疑問在腦海裡浮現。

唰——宛若傾盆大雨的聲響傳入耳中。

軍隊士兵們所射出的弓箭，描畫出弧形飛馳而來。

我迅速滑進岩石後方的坑洞裡，實際上，說是狼狽地跌落進去更為正確。

連喘息的空間都沒有，無數箭矢插入方才我人還在的地方。

先射到地上的箭被後來居上的箭給彈開而倒塌，我瞧見那尖銳無比的箭頭，彷彿背上被澆了冷水，渾身發顫。

箭矢以我所在的岩石為中心，集中攻擊半徑十公尺以內。說是高手雲集也不為過，但此時的我，沒有空檔去讚嘆那種事情。

在我腦海裡出現的，是恐懼。

如果有在夢中被怪物追殺過的人，應該能理解這份恐懼感。

我所擁有的選擇項目不多，要不就這樣坐著等死、要不鑽入箭雨的空隙間逃跑——要不就「反擊」。

我選擇了自始至終都顯示在視野一隅的三個流星雨圖標的其中一個。

徒留下已使用的模式後，圖標消失了。

然而，只是那樣。

「喂喂，到頭來是還沒有安裝喔……」

就像是要刺激焦急的我，箭雨傾盆降下。儘管緩慢，我藏匿的岩石正逐漸被磨削掉。

「這弓到底是有多大的威力啊！那群傢伙是與一（註：与一，日本平安時代時源氏的武將，因一一八四年源平合戰中，於屋島之戰時的高超弓術而名留後世）軍團嗎？」

我一邊罵，一邊繼續選擇剩餘的兩個流星雨圖標，可是，圖標淨是消失，什麼也沒有發生。

終於有一支箭，削平岩石掠過我的肩膀。

「可惡！因為Bug敗北什麼的，壞結局也該有限度——」

搗亂不安感的咒罵聲逐漸消失，若說為什麼，是因為穿破雲層飛越而來的無數流星出現了。

我目瞪口呆，被那番光景給深深吸引。

總算回到開頭的場景了。久等了。

本名：鈴木一郎。角色名：佐藤。我的異世界生活就這樣展開。

等級提昇

「我是佐藤，是被人稱作工蟻的日本人，雖然每天過著埋首於工作裡的日子，但我想不至於被逼迫到認為『除此之外哪裡都好』地想要逃跑的地步。忙碌的部分，我覺得也有其價值。是真的喔！」

沙塵浪襲捲前的劇烈疼痛感似乎令我昏迷了兩個小時，我想那陣沙塵大概是流星群刨挖大地後的餘波。

時間顯示在常態主選單上，簡樸卻方便。

我打算撐起一半埋沒在土裡的身體而使盡力氣。

奇怪？起不來……

類似冬天早晨，從床上爬不起身的感受。手想動，卻疲倦得連動個指頭都要花上很久的時間。

鏗鏘——

混濁的意識在那金屬響聲傳入耳裡之後便清醒了。

「不會吧。」

我一邊如此囁嚅，內心則堅信，是剛才射出第一箭的傢伙。

猶如要證實這般猜測，雷達的紅色光點映入眼簾。

始終開展著的地圖上映照出的敵人身影已只剩下這一個，沒料到吃下那三發威力無窮的流星雨竟然還有倖存下來的敵手。

因為距離太近，所以攻擊無效化了嗎？

「是我輸了哪！」

雖然覺得稍有不甘，但是身體的沉重感扯了我後腿，如此消極的想法占據心頭。

鏗鏘——

猶如在對戰遊戲中敗北時的心情——於現身崖上的傢伙進入我視線的一瞬間，遂煙消雲散了。

那傢伙全身都在流血，讓撐到最後沒解體的破爛藍色鎧甲染上了鮮紅色。他把叼著的長槍吐在崖上，行動遲緩地爬了上來。

這段期間，那傢伙的視線緊盯著我不放。我的四肢不爭氣地顫抖著。雖然常作想要逃跑卻動不了的夢，如此膽顫心驚的夢境卻是第一次。

那傢伙把長槍當作拐杖使用，拖曳著折斷的腳往這裡靠近，簡直滿身瘡痍。

如果剛才乘機出奇不意地衝撞上去，也許將他推落懸崖後我就贏了。

……但是，已經太遲了。

他狼狽至此，雙眼卻充斥戰意。那絕對是想殺我的眼神。

那傢伙將插在腰上的劍從劍鞘拔出，便往我的腳邊丟擲過來，從剛才開始就搖搖晃晃的鎧甲的一部分，跟不上突然間的動作，匡啷一聲掉落在地。

接近至此，我即聞到嗆鼻的血腥味。

而把那樣具現實感的樣貌給澆了一桶冷水的，是那傢伙的頭頂左上角所顯示的體力計量表。

計量表下方有「蜥蜴人，等級：五十」的標記顯示在空中，如同智慧型手機ＡＰＰ會有的ＡＲ（Augmented Reality：擴增實境）顯示一樣。

「原來是遊戲啊！」

我為了掩飾身體的顫抖喃喃自語著，不知為何覺得身體稍微變輕了。

「●●●●！　●●●！」

雖然不曉得他在說什麼，但我理解他想表達的意圖。

「『拿起這把劍戰鬥！』的意思嗎？」

我鞭策自己移動僅回復稍許的身體，把手伸向了劍。也許在夢裡顯得很愚蠢可笑，但這份恐懼感是真實的。

我以死馬當活馬醫的心情把劍抓住。

不知怎麼回事，此刻的我沒有想到乞求饒命的選項。

「●●●●！」

我拔出了劍，備好戰鬥姿態。

至今為止的人生中，我沒有學過劍道或劍術，就連揮舞重物的經驗，也唯獨小時候在爺爺的農場裡揮揮鋤頭、過年搗搗年糕的程度而已。

所以我的劍宛如漫畫或動畫裡看過，是有點不切實際的戰鬥態勢。

我握緊發顫的手，死命地踩穩腳步。

「●●●●！」

那傢伙露出一抹嘲笑，拿起長槍對著我，和我亂七八糟的握劍姿勢不同，著實是威風凜凜的架勢。

那傢伙從方才開始不斷重複的句子，是像「摸克呱」還是「馬盔烏嘎」這樣難以構成語言的單字。當然，我不懂意思。

「●●●●！」

在他叫喊的同時伸出了散發紅光的長槍，刺進了我的肩膀——好痛，超痛。雖然常聽說被刺到的傷口比起痛覺更感到熾熱，但就只是痛，痛得要命。思考已然陷入「好痛」的迴圈，無法做出行動。

那傢伙把長槍收回，彷彿要折磨我似的這次往腳刺來，長槍刺進大腿，我得到嶄新的痛覺，狼狽地一屁股摔坐在地上。

廢柴如我，即使因為恐懼和疼痛而昏厥過去也不奇怪。但不知怎麼回事，疼痛感漸漸不見了；不曉得是不是錯覺，連恐懼感也薄弱了起來。

過度的恐懼使我超越極限了嗎？

四肢的顫抖也緩解了，我的思考總算能往前邁進。

從方才開始就能看見那傢伙的體力計量表即將歸零，但我仍不認為能夠戰勝。即使用劍砍了上去，也會被輕而易舉地避開並反擊，當我喉嚨被刺中後就一命嗚呼了吧。

慶幸的是，那傢伙在移動時也很難受的樣子。

不如趁那傢伙折磨我而感到喜孜孜之際，製造機會逃跑吧。

我站起身時抓了一把乾燥土壤。雖然攻擊眼睛很卑鄙，但此刻我已經無路可退了。

我仔細觀察那傢伙的動作，在絕佳的時機將他刺出的長槍用劍擋下，不知是否使出了比預料還大的力道，那傢伙一個不穩。

好機會！

我把乾燥的土壤砸到那傢伙的臉上。

雖然土壤在中途散開，仍然完美無缺地朝臉部飛去。不過，很遺憾地，對方比我略勝一籌。

他居然用手臂擋住了土壤。

可惡啊，明明渾身都是傷。

不過，還好防禦砂土的手遮蓋住他的視野，我以揮劍的勁道瞄準那傢伙的腳，就這樣把劍投擲過去。投的時候不知是否用力過度，劍偏離軌道往上半身而去。

本來打算在丟出去的當下逃走，眼前的光景卻制止了我。

「欸？」

丟出的劍以異常的速度飛去，並上下切斷蜥蜴人的身體，分成兩半的軀幹噴出了鮮血。

嗚哇，我很不能忍受血腥畫面的啊！

不過，倒是沒有讓我看見更加殘酷的影像。

「在消失……」

簡直像是在遊戲中被打倒的敵人，蜥蜴人的屍體消失了。但是，那傢伙曾待過的地方所留下的血跡，證明了方才的戰鬥並非幻覺。

我筋疲力盡地坐在地上仰望天空，終於能夠喘口氣。

呼，好累的夢。

既然要作夢，我倒想指定在南國沙灘上和比基尼巨乳美女卿卿我我的夢呢。

◆

為了治療傷口，我脫掉了上衣。感覺有一點涼意，但不至於到會罹患感冒的程度。

我把脫掉的破爛襯衫收到儲倉，再用T恤擦拭身上的血漬。

很不可思議地，血止住了，速度快得令人不認為被長槍刺過。

我用手指搓揉凝固的血跡，血塊便紛紛剝落，下面別說是結痂，出現的是沒有任何一處傷口的無瑕肌膚。

說起來，不曉得什麼時候疼痛就消失了。若是因為任務過關，狀態就全部回復的話，徹徹底底是遊戲取向。

為做確認而開啟的角色狀態畫面上，體力值已回復到了最大值。而且，體力最大值增加了，不單是體力，等級也從一提昇到了三一〇。

擊敗剛才的蜥蜴人的異常投擲速度，應該就是這個等級所致。包含力量在內，所有的能

力值都提昇到最大值，封頂了。

想必是因為流星雨大量擊倒敵人的關係，使等級上昇了不會錯。

我打算看看流星雨的結果，從懸崖往下一望，這光景可謂是駭人至極。

荒野被尚未散去的塵煙覆蓋住，從縫隙中可以窺見難以計數的隕石坑。

蜥蜴人軍團出現的周邊一帶也出現了隕石坑。

看過之後，我想是方才交手的蜥蜴人離開了隊伍，所以才逃過隕石的直接攻擊，然而光是遭受餘波就瀕臨死亡邊緣，似乎具有相當的威力。

遠處能見到猶如龜裂的龍之谷，出現大範圍的坍塌。

與其說是使用遊戲的攻擊魔法後留下的痕跡，不如說像是月球表面凹洞般的坑坑巴巴。

算了，被將近一百顆隕石連擊三次，自然會變成這樣。是因為很像電影情景的緣故嗎？我始終產生不了現實感。

啊，對了，這是夢吧。

當成是夢則太過真實，但想成是現實又太突兀；不如說是被捲入遊戲當中似乎更能接受。

遊戲就要像個遊戲，希望在殲滅全部敵人之後發生個事件。

為了取得情報，我查詢了記錄畫面。

紀錄中出現了「歡迎來到我們的世界」。雖然是意味深長的內容，但ＦＦＬ的遊戲開始訊息就是這個文案，所以我草草瀏覽過去。

圖標的使用紀錄和蜥蜴人的擊殺紀錄後面，接續記載著似乎是龍之谷原先支配者的龍群的擊殺紀錄，在那之中混雜排列了昇級與獲得稱號的紀錄，延續到打倒最後的蜥蜴人的紀錄。

儘管這之後跑出了「源泉：你支配了龍之谷」，卻是段謎樣文字，所以我選擇略過。

後面排列著戰利品的獲得紀錄，看來最後蜥蜴人會消失的原因也是屍體轉化為戰利品的緣故。

是指我也得當死靈法師嗎？

我想起了那個蜥蜴人栩栩如生的姿態，因此在儲倉裡建立了一個墓地資料夾，並將所有屍體集放在那裡。思考片刻過後，我凝望著墓地資料夾，依照在佛壇參拜的形式合掌祈願他們的在天之靈能夠安息。

檢查了一下角色狀態，我注意到剛才使用過的新手救援圖標的技能被登錄在魔法欄。雖然最初是無效，但是將技能欄裡新增的魔法系技能切換到有效，就可以使用。

不過是個夢，還放入耍小聰明的設計，真希望別這樣。

我使用了「探索全地圖」的魔法，但感受不到實際效果，因此決定使用看看流星雨魔法。

我再次確認了地圖，除了我之外一個人也沒有，應該沒問題。

若在能測試時沒有先確認好，被逼到走投無路想要使用時卻被說「魔力不足」之類，可是會欲哭無淚。

我選擇並「使用」魔法欄裡的流星雨。

不知道是否因為地圖內沒有敵人，跳出視窗顯示「請選擇目標」這句話。

我運用在ＷＷ中使用設施破壞系大魔法時的要訣，在地圖上標記出目標地點，選擇了離剛剛的龍之谷距離約三倍遠的地方。

看起來，這種做法是可行的，魔力計量表正急速減少。

以剛才的「探索全地圖」絲毫不能相比的規模，感覺身體有什麼東西持續被抽離。因為第一次的時候沒有這種感受，也許那並非使用自己的魔力的關係吧。

抬頭望向天空。

隕石尚未落下。參照先前的經驗，應該是時候了。

接著，和之前如出一轍，隕石群劃破雲層落下了。

掉下來的隕石，有將近之前的一百倍大，不對，考慮到距離很遠，應該更大吧。

在探究原因前，我本能地拔腿就跑。

當然是往與隕石掉落的反方向！

與其說是隕石，不如說巨大的石塊，穿越大氣層掉了下來。

有夠大——這是什麼？

音波襲擊而來，使皮膚傳來陣陣的刺麻感。

我未屈服於轟隆巨響，邊大聲吶喊邊死命地狂奔，不太記得喊了什麼。

不過，只記得我好像是在水裡行走似的，空氣的阻力十分強勁。

中途雖然有注意到我衝得太快，卻依舊來不及煞車。

使盡力氣站穩腳步，仍無法停下。承受全身應力的帆布鞋，如片片碎紙裂開飛散。

我的腳後跟磨碎了岩石，扶在地面的雙手手指將岩石表面刻出了十道凹槽。

但還是無法在懸崖邊緣停住，我遂往空中飛了出去。由於先前幾乎抵銷了所有的衝力，

我才終於成功地在約莫五公尺下方的突出岩地著陸。

呼，比自由落體還恐怖三倍啊！

劇烈得令人站不住的搖晃斷斷續續襲來，我緊抱突出的岩石，撐住不讓自己從懸崖上跌落。

土壤塵埃的浪潮像是汙濁的流水，往大地覆蓋而去。有時，看見如同小型汽車一般大小的岩石在沙塵之中滾動，背脊都有些發涼。

待地面停止晃動之後，我為了確認流星雨的結果，決定回到懸崖上頭。

由於沙塵很多，我把T恤代替口罩圍在臉上。雖然有點血腥味，但比起吸進沙塵而咳得半死還來得好。

我將手指直直插入岩壁，即戳出手指形狀的洞口。由於並不是特別脆弱的岩質，因此我能輕而易舉地爬上懸崖。

想到在懸崖上還赤著腳，我找了找儲倉。

發現了涼鞋遂拿出來看看，那雙涼鞋居然布滿血漬，我趕緊放回儲倉。

既然同樣都布滿血漬的話，自己的血還好一點。

我拿出血跡斑斑的破爛襯衫，將它撕成兩半裹在我的左右腳，儘管是很簡樸的包紮，暫時先這樣吧。

一抬頭，遠方長得像是蕈狀雲的東西映入了眼簾。

我走到懸崖邊緣，看見地表上有紅光。

那是地殼中噴出的熔岩嗎？

可能是單純的火災，但是太遠看不清楚情況，我決定用地圖確認。

我把顯示從2D切換成3D，看見落下地點的標記位在半空中，判斷應該是地層大幅下陷了，落下地點周遭的地形嚴重地歪斜變形。

我注視著蕈狀雲，不發一語地在主選單中打開魔法欄，將「流星雨」的魔法使用設定從「允許」改成「不允許」，避免輕易使用到。

這個魔法很危險。

如果連續發動這種魔法，無疑是走上魔王路線。人家說「君子不履險地」，把它封印起來比較好吧。

和最初的流星雨相比威力增加的原因，我猜可能是等級上昇或智力等能力值提昇這類的因素。

其他似乎還有各式各樣能力值的提昇，手指在懸崖上穿洞似乎也是力量提昇的緣故，承受那反作用力的強韌度則是因為耐力，衝刺時能感覺出空氣阻力。也是敏捷度一類獲得提昇的關係吧。

在掌心上把玩了一陣子小石子才知道，慶幸力道控制沒有問題。

正常拿在手上或是把玩，與從前的觸感和施力完全相同。

不過，一旦有意破壞而用力的話，輕易就能將之破壞。

我嘗試了握著小石子打噴嚏，手心裡的小石子並沒有碎裂，對此稍微感到安心。

不知是不是因為瀰漫了大量粉塵，天氣變得愈來愈糟，於是我搭建了在戰利品中發現的簡易型帳篷，決定先行休息。

我啃著能量棒，邊用戰利品中的「深不見底的水袋」潤潤喉嚨，這個似乎是無限供水的魔法道具相當便利，但追究構造的話我晚上應該會睡不著，於是打算不去深思。

不知何時下起了雨，我在雨停前都無事可做，悠閒得很，便檢查了一下戰利品。

是因為被隕石撞擊的關係嗎？幾乎都是破損的物品。裝備品、道具類、日用品等十分繁雜，但大多數都已毀壞，因此我建立了專屬的資料夾將之排除擱置。

金幣、銀幣，以及寶石等等堆積如山。

看來是很喜歡發光物品的龍呢！

金幣一類的貨幣依據國別而有數個種類，使我喪失整理的動力。叫作孚魯帝國金幣的最多，達一千萬枚以上，重量換算共三百零三噸，十分誇張的量。

是龍們有被定期獻貢的緣故嗎？

儘管我不清楚這是夢境還是遊戲，然而要是進到村莊似乎不需為錢發愁，不禁祈禱這裡不是用以物易物方式交易。

我在魔法道具裡發現了聖劍、神劍、魔法槍這類的品項。

原本消失了的中二心被激發起來。

聖劍的名字是王者之劍或迪朗達爾之類的，這股庸俗感儼然很像是我會作的夢。

不知是否聖劍和神劍有防盜設計的設定，我一拔劍遂隨著靜電般的疼痛受到傷害，所以再次收進了儲倉。

雖然僅僅使用了一下，但揮動聖劍便會殘留藍光的軌跡，十分美麗。途中藍光就消失了，可能是蓄光的類型。

接下來，我從儲倉裡取出魔法槍朝附近的岩石試射，儘管很在意從扣扳機到發射前有些微的時間差，但威力真不容小覷。

好啦，玩耍就到此為止，回到整理的工作吧。

◆

不知不覺，雨停了。

在整理儲倉時，我似乎睡著了，由於是久違的充分睡眠，現在腦袋十分清醒。在這種堅硬的岩石上還能熟睡，可見已累積了不少疲勞。

我從儲倉裡取出桶子裝水洗臉。

喔喔？現在看到了什麼奇怪的東西。再瞧一次，果然不是我看錯的樣子。

我用放入口袋裡的摺疊手機自拍了一下。

「呃，是我高一左右的臉。」

是想太多嗎，覺得連聲音都變年輕了。算了，這種返回學生時代的夢也不是很稀奇吧。

休息也足夠了，一直待在這裡很無聊，移動吧！

觀看地圖才發現到從這裡往西方前進一百公里，有一處稱作「戰士的堡壘」的設施。一個人也沒有，又是地圖邊緣，因此前方的情況不明。

由於也沒有其他顯著的人工物，我想就朝那裡前進。

出發前打開主選單的技能欄稍微操作了一會兒。

昨天直接跳過技能欄，但現在裡面卻新增了各式各樣的技能。「單手劍」、「投擲」、「迴避」、「遁逃」、「術理魔法：異界」、「召喚魔法：異界」、「恐懼抗性」、「痛苦抗性」、「自我治療」、「監視」、「古麟族語」共十一個種類。

若是等級提昇才能學會，好像又太少。

是根據某個行動而新增的嗎？

技能等級共有一到十，能藉由分配技能點數來進行強化。一點即是一級，是很簡單的設計，而且剩餘技能點數已增加到了三千一百點，所以我決定隨便分配點數。

因為不想重演昨天蜥蜴人的狀況，於是把戰鬥應該能使用得上的技能與抗性系的技能提昇到最大值。技能在分配完點數之後還可以切換開／關。

我爬下懸崖，在大地奔馳。

新鞋是整理儲倉時找到的，叫作「羽之鎧」的物品，雖然特殊效果是「跋涉險路時變得輕鬆」如此微妙的效用，但非常可靠。

衣服也換上了戰利品中用沒聽過的尤里哈纖維素材製作的魔法長袍。

由於能力值高，雖然以接近時速六十公里的速度奔跑，卻感覺不到疲勞感，呼吸也沒有一絲紊亂。一直胡思亂想會拖慢腳步，所以我專注在奔跑上面。

我背對著朝陽，全神貫注地持續奔跑。

嗯？怎麼了？

我朝著戰士堡壘的方向，跳躍般奔馳的途中，有什麼彷彿薄膜般的東西穿越身體的觸感，我很在意而掉頭回去看，在離戰士堡壘一公里左右的地方，發現了一層透明薄膜般的牆壁。

我暫且凝視了一會兒看不到的牆，ＡＲ顯示彈跳出「龍之谷的結界壁」的視窗。要怎麼形容才好，出現了「結界」這個很奇幻的玩意兒。

雖然它有阻力，但出入本身倒沒有限制的樣子。

這個薄膜似乎阻擋著空氣的流動，我將腳邊的土壤一踢，沙塵在結界壁的邊緣停下了。植被也以這個結界壁作為界線改變，原本紅褐色的荒野，變成了雜草稀疏的淡褐色荒野。

不過，荒野這件事毫無改變就是了。

我取下替代口罩圍在嘴邊的布，久違地深呼吸。

哈啊，空氣真棒。

濕度有一點低，但冬天的空氣就是這種感覺吧。

一越過結界壁，馬上就到達了當前的目的地——戰士的堡壘。

那裡有著研磨缽狀、類似競技場的廣場，是一座小巧石造堡壘。

外壁幾處已然崩落，比我所料想的還更像廢墟。

一個人也沒有，雖然透過地圖已經知道這裡毫無人煙，但彷彿長時間無人居住，成為蜘蛛網與塵埃的天下。

我探查了堡壘裡邊與周遭，僅僅在競技場後方發現了排排站的墓碑而已。

看來這裡是龍之谷的最盡頭，稍微遠離了堡壘，雷達顯示就會縮小範圍到自己周圍的數十公尺。

我打開地圖，左上方顯示的地圖名稱「龍之谷」變成了「希嘉王國聖留伯爵領」。

唔，君王體制國家嗎。

如果這是寓言故事，好像會與美麗公主相遇而萌生戀情，但以我的性格應該會走到在一旁加油的配角A這種發展。

縱使不曉得夢會持續到哪裡，我還是別太逞強，以和優質的巨乳女僕做朋友這種程度作為目標吧。

我使用「探索全地圖」魔法調查「聖留伯爵領」，不過在那之前做了兩三次實驗，看來，AR顯示本身是主選單的基本功能，探索全地圖的魔法則能提供詳細資訊。

我邊做這個實驗，邊打開地圖尋找最近的人口聚集處。

地圖與WW的設計頗為相近，在探索全地圖之後，不僅是地形確認，人和獵物的搜尋及篩選等等也十分自由。

距離這裡二十公里遠的聖留市，似乎是這附近最近的都市。

即使還有其他都市，但是那裡位於五十公里遠的山中，便從候補中剔除了。村子倒是不少，可是比聖留市還要遠，沒有必要特地走這一趟。

希嘉王國聖留伯爵領的大小約是東西寬六十公里，南北長七十公里。

比東京廣大但比千葉還狹小的程度，由於這是中學的課堂上製作模型時所獲得的知識，我不是很有自信。

聖留市前方，離這裡五公里之處，有約莫一百名疑似軍隊的集團。最高等級三十一，平均約在七級。

意外地低等啊……

我這麼想著，再稍微調查了地圖。

觀看整張地圖，等級四十以上的人連十個都不到，等級五十以上的人完全沒有。看樣子三百一十這樣的等級可以認為是高得不得了吧。

縱使如此，我依然害怕麻煩而選擇不會遇上軍隊的路線。

有在夢裡慎重過頭的感覺，不過類似之前恐怖的回憶我不想再經歷了。

在前往聖留市的路上，一個快速接近的紅色光點映照在雷達上。由於我正跑在地形劇烈起伏的岩石地帶中，因此視線往該處看去也看不見任何東西。

一查看地圖，竟是一隻三十級的飛龍。

為了看清楚樣貌，我躍上附近的岩石頂端。

「呃！」

相遇的開端就是和飛龍來個激烈衝撞，並被彈飛了出去。

唔喔，頭昏眼花。

我在岩地上滾了超過十公尺以上，最後猛烈地撞上岩壁而停住。

有痛苦抗性技能真好。是由於耐力很高吧，以那樣的衝擊力道撞上岩石竟然毫髮無傷。

非常靠得住呢。

再度往天上飛去的飛龍，在空中盤旋圖謀襲擊我的時機。從方才衝撞的飛龍頭顱大小來判斷，翅膀長度應有三十公尺以上。

與其說是龍，不如說接近無齒翼龍的體型了吧？

長尾巴的尖端附有如同毒針一般的東西，這模樣或許能說是完全如同奇幻故事中飛龍的樣子。

我將掉落在附近的小石頭丟向盤旋的飛龍來牽制牠。

奇怪？本來只打算嚇嚇牠的，小石頭卻穿破飛龍的翅膀消失在天空的彼端。若這是漫畫，會伴隨閃亮亮的效果音，以表示遠到像是一道閃光的力道。

縱然穿破了翅膀，畢竟是小石頭，還不到擊墜飛龍的地步，但驅逐倒是成功了。飛龍朝向位在遠處的懸崖，沿著歪七扭八的軌道搖搖晃晃地飛翔而去。

糟了哪。我記得軍隊在那裡。

不過，率軍隊隊的騎士等級比飛龍高，應該自有辦法吧。

即使如此，我莫名地有種把麻煩事硬丟給別人的心情，所以決定去看下情況也好。

◆

跳躍了三次，我才攀登上高度二十公尺的懸崖峭壁，雖然是兩次就能到達的高度，但是斷崖之間長出的樹枝十分礙事。

可以看見發現獵物的飛龍在上空盤旋。

我以跳躍的方式飛越斷崖上數塊巨岩，隨即放眼望見飛龍盯上的軍隊。

這裡離軍隊所在之處大約有兩三百公尺吧？

聽得到指揮官的聲音，可是豎起耳朵仍然不知道在說些什麼。我只會說日語和幾句簡單的英語，即使如此，是哪種語言大概還是能猜得到。但是，那似乎是完全不曾聽過的語言。

它並非夢中經常出現的「陌生語言」，而是如同過度講究的動畫一般，是「具備完整法則的語言」。

說到這個，先前蜥蜴人的語言好像也是這樣。

我漸漸沒有自信斷言這是不是夢境，但不是夢的話又是什麼呢？我害怕去思考，就認為是夢下去吧。

選擇了逃避後，我確認主選單的技能欄，果不其然新增「希嘉國語」的技能，我試著把技能點數分配上去看看。

姑且先分配一個點數。

『大家排好隊，快點！』

喔喔，雖然是隻字片語，但我懂了指揮官話中的意思。

緩緩將點數分配下去，才知道剛才的句子意思是「全員組成圓陣！趕快！」

大約從五個點數起，語意便穩定下來且意思變得相通了。我試著將點數分配到ＭＡＸ，但分配到了六點以上後就沒什麼太大差別。

語言之外，不知何時還增加了「格鬥」、「疾馳」、「立體機動」、「眺望」、「遠觀」、「順風耳」、「讀唇術」共七個技能。

以ＦＦＬ和ＷＷ的設計結構來說，要獲得技能，通過極其艱辛的委託和任務便是條件，這個夢卻像是超級簡單的粗略設計品。

因為移動中覺得記錄畫面很擾人，我調成了不顯示，但是我想知道技能是在什麼樣的契機下增加的，因此費心地在視野一隅，將記錄畫面配置成只能看得到幾行。

反正以觀戰——為主，我也把對掌握狀況看似很便利的「眺望」、「遠觀」、「順風耳」、「監視」四個，分配了點數並將技能切換成有效。

軍隊的大家為了迎擊飛龍而組成了圓陣。

我聚精會神凝視著，不知是否因為眺望和遠觀技能的效果，我彷彿用雙筒望遠鏡窺視，能清晰看見圓陣的模樣。

視野本身沒什麼改變，但只有聚焦的地方就像拉近了鏡頭，看得很鮮明，這究竟是什麼樣的原理？

雖然很在意，但考究還是之後再說。

我把分心到細微瑣事的思緒給調整回來。

圓陣的外側配置了持有大盾的重裝士兵，內側則有裝備長槍的輕裝士兵列隊排成兩排。長槍配合著在天上翱翔的飛龍動作颯颯搖擺著，蠢蠢欲動的模樣就像是某種生物。

在那些槍兵的內側，握有石弓的士兵們以半蹲跪的姿勢待命。

「士兵們，不要懼怕！想起你們的訓練！」

「展現出你們的聖留魂吧！」

從圓陣中，揚起了激勵膽怯士兵們的聲音。

嗯，沒錯，以那種怪獸作為對手很可怕對吧？

接著，在圓陣中央，一個穿著長袍、疑似是魔法師的人拿出法杖。

在那人的左右兩側站有持著像指揮棒的東西的輕裝女士兵，本來以為那是手槍，但是根據彈跳出的ＡＲ顯示視窗，才知道那個指揮棒是稱為「短杖」的東西。她們的職種應該是魔法兵。

那兩個人既然是魔法師，為什麼不穿長袍？

三個魔法師旁邊，有像是她們的護衛士兵的一群人正在待命。

圓陣外側，則有八人左右的騎士們騎馬快步走著。

能看見他們四人組成一列，在飛龍和圓陣的延伸線上移動。明明就有閃耀著銀色光輝的全身鎧甲保護住身體，卻拿圓陣作為盾牌？

「來了！槍兵，不要亂晃槍尾！靠在地上用腳踩踏固定！不放穩的話會抵擋不住飛龍的攻勢被撞飛！」

「弓兵，再拉緊弓弦，等待那傢伙懼怕長槍減速的時機！」

所有的士兵們即使害怕卻沒有陣腳大亂，都是因為有指揮官明確指示的關係。

多虧如此，飛龍數度襲擊圓陣，卻被長槍給阻擋，無法順利攻陷而退回空中。

弓兵們十分優秀，九成以上的箭都命中了，但即使如此，幾乎所有的箭都被飛龍外皮抵擋，無法給予損傷。單純是因為外皮堅硬嗎？還是等級落差的關係呢？

不過，就像遊戲一樣，也有所謂爆擊這種東西，疑似魔法師的護衛少女射出的箭矢，僅一箭便刺中了飛龍。

現在才注意到，離圓陣稍遠的叢林中也有士兵駐守，乍看之下應是輕裝，是非戰鬥向的工兵與輜重兵之類的正在避難吧！

……也就是說，那支軍隊是有勝算才向飛龍挑戰。

本來還想說要是發生什麼萬一就丟石頭幫忙驅趕飛龍的，看來是多管閒事。

我把石頭收進儲倉裡，決定旁觀他們的戰鬥情況。

在那之後，飛龍也襲擊了士兵們幾次，卻不斷反覆地被十字弓的短箭及長槍人牆給阻止。

開始出現變化的是，飛龍第四次準備突擊的那一刻。

飛龍攻擊失敗後返回空中之際，剎那間翅膀彷彿失去飛翔力量，喪失了平衡。有如被看不見的大槌打中一般，牠以不自然的感覺重摔到地面。

恐怕是魔法的緣故。

在飛龍失去平衡的時候，中央的一個魔法師詠唱了宛如合成音的咒語，隨後我便聽見了「亂氣流」的吶喊聲。

儘管是最後成為戰鬥關鍵的單字，對我來說聽見的是兩個單字的立體聲效。

像是將同樣意思的現代語和古語同時發音。我的腦中接收了「亂氣流」與「ｔａ—ｂｙｕｒａｎｓｕ（註：タービュランス，亂氣流的外來語）」，古語是用日文片假名來翻譯，非常有趣。

將飛龍敲落在地面上的追擊魔法，似乎叫作「氣槌」。

我第一次聽見魔法詠唱，但是這個世界的魔法咒語是怎麼樣發音的呢？

成為最後戰鬥關鍵的單字我還明白，可是咒語本文聽起來與其說是語言，不如說是不規則的成串音階，我想很接近用電腦音樂製作軟體排列適當音符再播放出來的感覺。

我在被那些枝微末節之事給分散意識的時候，戰鬥依舊進行中。

匍匐在地上的飛龍發出淒慘的悲鳴聲，但體力計量表沒有多大的損傷。

然而魔法師似乎成功達成了任務。

精神抖擻的騎士們一次又一次地向想要飛起來而張開羽翼的飛龍刺入長槍，但即使如此飛龍的體力計量表依舊減少不到兩成。

等級更高一階的騎士，在馬匹上靈巧地揮舞著長槍，將單邊翅膀緊釘在地面上，固定飛龍成仰躺姿態。

其他的騎士們也同心協力想將另一邊的翅膀釘住，卻因翅膀的一個揮動即被彈飛出去，連人帶馬跌了好幾公尺。

飛龍被擊落的地方，離我藏身的岩壁連一百公尺都不到。

有點近呀？

「……■■■　■■　閃電雷擊！」

圓陣中央的魔法師向飛龍施展了閃電雷擊。

不至於到落雷的程度，可是銀白閃光與轟隆巨響弄痛了我的雙眼與雙耳，順風耳和眺望技能也是好壞參半。

在耳朵麻痺之時，不知是否下達了重組陣形的指示，士兵們往三方分開，拿出長槍包圍住飛龍。中央的魔法師們也與護衛們一同往三方分散。

被緊釘在地的飛龍，被閃電雷擊弄得麻痺不堪，卻仍不住掙扎。

士兵們相繼被尾巴毒針刺到，或是被大大的尖嘴啄傷。長槍絲毫貫穿不了外皮，甚至連極近距離射出的短箭也被反彈開來，不過仍舊一點一點著實地給予了牠傷害。

飛龍知道這樣下去大概會被擊敗，遂抓準了機會。

牠揮動長尾巴橫掃不留神地靠近過來的士兵。

不知是不是因為那個行動，使得翅膀的固定鬆脫了，飛龍展翅往懸崖的方向開始衝刺。

也就是這裡。

「擋住牠！潔娜！」

「是！」

看起來像是隊長的人，向在飛龍前進路線上的魔法兵下了唐突的指示。

在魔法兵前布陣的士兵們，對於衝刺而來的飛龍即使懼怕，仍果敢地使出長槍阻撓。雖然身體畏縮，士氣卻很雄偉。

要是我的話會一溜煙逃跑哩！

「……■　■■■　氣壁！」

可比擬短跑選手速度在助跑的飛龍，在魔法兵面前的數公尺處猛烈撞上了看不見的牆壁。

牆壁本身是看不見，但飛龍所掀揚起的土壤與雜草告訴了我那面牆壁的尺寸，約莫為兩座足球球門上下疊放的大小。

由於事不關己，我便心生悠哉看戲的感想，但當事人應該不覺得幽默。不曉得是不是就算有魔法也改變不了物理法則的關係，作用力和反作用力反應在飛龍及魔法牆，朝魔法兵襲擊了過去。

飛龍撲倒在地而停下，但身材嬌小的魔法兵卻往空中被彈飛得老遠。

恐怕是魔法牆盡了緩衝墊的責任，魔法兵雖然被彈飛到高空之中，卻沒有演變成血腥的場面，頂多是挫傷的程度。

那時有兩個魔法被施展了。

「……■■■　■■　閃電雷擊！」

「……■　■■■　掉落速度減緩。」

一個是給予飛龍致命一擊的落雷魔法。

另一個是將飛向空中的魔法兵掉落速度減緩的魔法。

剛開始我不懂是什麼魔法，但親眼所見掉落速度下降了，所以不會有錯。

問題就在水平方向的速度並沒有變慢。

她飛在將近二十公尺高的空中，要是放任不管，會越過我的頭頂往懸崖彼端飛出去。

不曉得是不是他們的戰鬥極度真實的關係，我沒有閒暇去想這是在夢裡，腳後跟一轉，就跳上懸崖另一邊延伸出來的粗大枯枝。

相當可怕，但是這個高度的話掉下來也不會有事。在到達這裡的期間都已經實地經歷過了，儘管是迫不得已。

我在樹枝尖端附近停駐，伸出了手。

還差一點。

眼下我見到有著更長一點樹枝的樹，於是跳躍到那裡死命地伸出手臂。

這次抓到了！

就像是在等待著我抓住披風一樣，魔法兵掉落速度減緩的魔法效果消失了，變回原來的重量。

完了，手有點伸得太過頭了。

她的重量使我的身體被拖拉下去，我抱緊樹枝支撐身體，才得以倖免墜落。

重新調整姿勢，我抓緊她的胸口拉她上來。

若是漫畫或輕小說，便是幸運色狼嶄露本性的橋段，遺憾的是我只感覺到堅硬的胸甲觸感而已。雖然有點可惜，不過現在不是把身體交託給色心的時候，我重新抱好她往樹枝根部移動。

她似乎在和飛龍衝撞時昏迷了過去，沒有意識。

我撥開她被汗水浸溼的瀏海，看見一張可愛的臉蛋。ＡＲ顯示出潔娜・馬利安泰魯這個名字，十七歲。似乎是爵士家的女兒。所謂的爵士就是貴族的一種吧？（註：對騎士的正確稱呼，地位在貴族之下，爵位非世襲）沒有聽過的爵位。

她的容貌以一句話總結，就是消瘦樸素系的美女，是在本人不知情的狀況下很受歡迎的類型。

淺金色的柔細髮絲紮起，頭盔般的帽子保護著她小小的頭顱。

閉起來的眼瞼上所裝飾著的睫毛纖長，藏匿於瀏海後面的眉毛不知是不是沒有剃整眉形，描繪出強而有力的線條。沒有化妝的臉蛋泛著紅暈，不厚不薄的小巧嘴唇有著柔和粉嫩的顏色。

她應該沒有噴香水，但是混雜在汗味之中，似乎有女性獨特的甜美香氣飄散著。

她在長袖上衣與短褲上穿戴了皮革製的鎧甲，腳踩厚底靴子，還有救了她一命的堅固披風。她方才拿的短杖好像掉了，手中沒有任何東西。

因為太拚命，所以我直到剛才都沒有注意到，在紀錄上新增了獲得稱號的訊息。

>獲得稱號「救命者」。

>獲得技能「搬運」。

看來簡單就能取得的不僅僅是技能，稱號也一樣。

「嗯……這裡是？」

「妳醒了嗎？」

我對不一會兒就醒來的她提出忠告。

「往下看的時候要有心理準備喔。」

「欸？呀！」

不愧是士兵，即使身在懸崖的纖細樹枝上，這般狀況下，僅僅發出短暫的悲鳴遂忍耐住。

「妳有沒有哪裡受傷？」

「沒有，身體是有一點麻，但是沒有特別痛的地方。」

不知她是否不習慣男性，被我抱著似乎很害羞，我在靠近根部的樹枝上放她下來。

「唔，呃。」

「沒事吧？」

由於她落腳的那一刻發出痛苦的呻吟，我趕緊攙扶著她。看來是在被飛龍彈飛的時候傷到腳踝。但應該沒有骨折，而是扭傷。

「謝謝，這裡是？我確實是和飛龍在戰鬥……」

「我在攀爬懸崖的時候，妳就從天上掉下來了喔！」

「從那座懸崖上面嗎？」

她瞠目結舌地仰望懸崖之上，大約有五公尺吧？比三樓窗戶稍低一點的高度差。

「妳被施展了像是魔法的東西，掉下來的速度很慢，所以才能被我接住。」

「是這樣嗎？你是我的救命恩人呢。」

她邊這麼說，邊靦腆地向我道謝。

她的身高明明比我還高一些，但因為收下巴的關係，視線向上看著我，是一張十分有破壞力的笑臉。

我若是在高中時代，有自信會對她一見鍾情。

不過，我畢竟不是會對年齡相差十歲以上的少女出手的蘿莉控，現在她不算在對象內。

「言重了。我是旅行商人，名叫佐藤。」

旅行商人這個職種，是我沿路上想到的設定。

以時代背景來考量，居民的遷移可能有限制，而普通的旅人也許會被當作盜賊看待。

雖然連在夢裡都這麼用心，實在愚蠢到家，但想到方才為止的真實感，說不定在夢裡也會不經意地被抓去坐牢哩！

為了增加謊話的可信度，我凝視著她的雙眼如此說道。

「我，我……我是，聖留伯爵大人的家臣，魔法兵潔娜。在軍隊裡執行勤務將近兩年，十七歲單身，沒……沒有男朋友。」

呃，沒人問妳這個。

看似有點緊張的潔娜，以認真的表情告訴我諸如家庭組成的事，我適時地附和，發現了能爬上懸崖的踏腳石。

「不好意思，我們要稍微跳過去。」

我用公主抱的方式抱她，輕鬆地跳到那個踏腳石。她彷彿受到驚嚇，但並非因為疼痛。

「我們要爬上去，所以請抓緊我的脖子。」

「欸！爬上這座懸崖嗎？」

「是的，因為意料之外地能踩踏的石頭很多，我們就爬上去吧！」

我叮嚀她要牢牢抓緊，並輕快地在踏腳石之間跳躍，我儘可能不造成她的負擔，除了膝蓋以外尚用全身的彈力來抵銷著地的衝擊力道。

「到了喔！」

「哈啊……哈啊……你的身體很靈活呢。」

透過鎧甲我能感覺得到牢牢抱緊我脖子的潔娜，心臟怦通怦通地跳動。

她抬起氣喘吁吁發紅的臉，以抖動的聲音吐露出感想。

是很獨特的感想。

不知道是不是因為害怕，她並沒有打算從公主抱的狀態中下來的樣子，於是我就維持原樣在崖上的岩石間穿梭，把她帶到同伴那裡。

「停下來！你是什麼人？放下我們的同伴！」

岩石上，有一個嬌小的少女向我攔阻質問。

應該是潔娜的同事吧！對方毫不鬆懈地拿出十字弓，對準並瞪視我。

「等……等一下，莉莉歐，這個人沒問題的！」

「潔娜妳安靜。」

儘管潔娜幫我求情，對方還是沒有放鬆警戒，罷了，正常的反應。

我緩慢地將潔娜放在地面讓她坐下。

「就那樣往後退！」

「莉莉歐！這個人是我的救命恩人唷！」

在我退開好一段距離之後，岩石暗處有一個重裝女士兵快速衝過來，將潔娜抱起，往岩石的方向退去。緊接著輪替出場的是別的重裝女士兵，持大劍指向我。

雖然從岩石後方傳來潔娜與同伴們抗議的聲音，但現下對方看來沒有收劍的意思。

……真是好心被雷劈。

「你是什麼人？報上名來。」

儘管被面罩遮住了看不見臉，但握有大劍的重裝士兵擁有一副嬌滴滴的嗓音。以鎧甲都阻擋不了的嬌嫩聲調來看，她一定是個美人。雖然是胡亂猜想，真這樣的話還挺開心的。

「不要不說話，報上名來。」

「初次見面，士兵大人。我是旅行商人，名叫佐藤。」

「你說旅行商人，兩手倒是很空啊？」

我肩上背著的扁平背包被卸了下來。

這是昨天整理戰利品時所找到的物品，桌上ＲＰＧ定番的無限容量背包。名字叫作「萬納背包」。

因為有了儲倉所以本來不需要它，可是外觀畢竟是帶有一點時尚感的黑色皮革背包，遂當作穿搭的一部分裝備上了。

用這種萬納背包運送商品的商人會很稀奇嗎？

「說起來有點不好意思，我的馬因為被昨天的隕石嚇到，逃走了。」

「隕石？你說昨天『星降』的事情吧？」

因為流星雨應該能從遠處看見，所以我借來作為理由之一。已經被取名為「星降」了啊，相當具有奇幻感。

＞獲得技能「詐術」。

＞獲得技能「解釋」。

哎呀，雖然的確是即興扯出來的謊，但這技能並非我的本意。看在似乎派得上用場的份上，先把技能點數分配一下。

「真是不打自招啊！你說你的馬逃走了，但如果在城鎮旅途中見到星降，馬逃跑的方向就相反了喔。」

可惜我看不見她的表情，想必是一副欺凌人的神色。

明明是被對方用劍指著盤問，我依舊從容自在，是由於視野中常態性出現的主選單圖標和雷達顯示，使我失去了現實感。就像人在遊戲中，悠哉的感覺揮之不去。

幸好我把詐術技能切換成有效，各式各樣適切的謊言在我腦海中浮現。

「恕我失禮，您知道『戰士的堡壘』這個地方嗎？」

「嗯，我知道，是想自殺的人會去的地方吧？」

自殺的聖地嗎？不過還好並不是禁止進入的地方。

「祖父恩人的墳墓在那裡，我是在去掃墓的途中，遇到了那場『星降』。儘管我慌張地追趕馬匹，還是追不上牠受到驚嚇後狂奔的腳程……」

「這樣啊，真是一場災難。」

喔！相信我了？不愧是點數加滿的詐術&解釋技能，效果卓越啊！

「有身分證的話拿出來。」

身分證？錢包裡是有汽車駕照，但要是拿了出來反而造成問題。

「那個啊，我把身分證放在鋪蓋馬匹的披風暗袋了，現在不在身上。」

「沒關係，在聖留市中請核發就行了。」

她如此告知，將伸直的大劍收進背上的劍鞘，再拴上扣帶。

「等一下，伊歐娜，那麼簡單就相信他可以嗎？如果是盜賊怎麼辦啊？」

「他的手指很細嫩，還穿著高價的魔法長袍，肯定是北方小國某處的貴族。」

「也可能是某處的間諜啊。」

「誰會聘用一個臉孔很明顯不是希嘉王國出身的人來做間諜？」

方才從岩石上跳躍而下的少女小聲地在重裝士兵女性的耳邊開始說悄悄話，託了順風耳技能的福，我全部聽見了。

「怎麼了，莉莉歐，這明明是妳喜歡的稚嫩黑髮弟弟。」

「由於某些私人因素，我現在很討厭。」

「啊，是被男朋友甩了吧？下次我請妳吃對豐胸有效的食物吧！」

「才不是因為胸部被甩的呢！但是真高興妳要請客，順道也聽聽我抱怨吧！」

在我傾聽女人話題的期間，潔娜說服完護衛士兵回來了，並且為同伴的失禮舉動向我道歉。

我和她們一同前往司令部的方向，因為城鎮就在司令部對面，除了跟去別無他法。

如果當場道別往林道走去，會令人起疑。

戰場上充斥的血腥味令人想吐，但是，痛苦抗性發揮了效用，僅僅有那種感受，卻沒有真的吐出來。

戰場上有數具被布覆蓋的遺體，以及正在進行急救措施的傷患，還有巨大飛龍的屍骸。

……有人死了嗎？

不可思議地，幾乎沒有士兵在哭，也許是刻意讓自己埋頭工作，不去意識到悲傷的緣故吧？

看起來像是工兵的男子們，用厚實的鋸狀物著手解體飛龍，那個巨人身軀彷彿不甘於只是流血，男子們每拉一次鋸子，鮮血就噴濺他們一身。

一位像是指揮官的騎士發現了被護衛士兵背在背上的潔娜，便騎馬靠近。

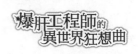

我還是第一次在這麼近的距離下看馬，粗獷的呼吸帶著野獸的味道。

拜託別把那有著圓溜溜眼睛的馬臉湊過來。我只希望美女對我這麼做。

「潔娜！沒事吧！」

「是，我被這位先生救了，身輕如燕的旅行商人佐藤先生。」

潔娜如此介紹我，雖然介紹的話語裡有一些累贅的形容詞，我就別吐槽了。

「感謝您的大恩，我們才不須失去寶貴的魔法兵便能了結戰役。」

聽起來意思是：如果不是魔法兵就不管她的死活，可是從周遭的人在笑的狀況來判斷，這應該不是真心的，而是玩笑話吧！

盤問過我的女性重裝士兵向隊長悄聲稟報方才問話的結果。

我也被詢問了「戰士的堡壘」周邊的所見所聞。

原來他們是從聖留市出發的調查隊，為了調查昨天的「星降」是否導致任何變異。

聖留市

「我是佐藤，有一和女性說話便會興奮不已的性格。我煩惱的是，自從被女友甩了之後，投入在和肥仔經常一起去的『有漂亮姊姊陪同喝酒的店』的資金與日俱增。」

他們要以馬車將包含潔娜在內無法行軍的傷患運送到聖留市，因此我也經由她的從中斡旋而被允許與該團同行。

前往聖留市的馬車上，有我、潔娜、以及稱作伊歐娜的女性重裝士兵——在遮掩的面罩下是位超乎想像的美豔大姊——除此之外，尚有五人左右的年輕士兵搭乘。

叫作莉莉歐的少女和另一個女性護衛士兵一起留在主力部隊，她們似乎正等待回收士兵遺體和飛龍遺骸的馬車，然後才能按照預定繼續巡視領土。

瀕死的重傷者搭上了先出發的馬車，我們的馬車僅承載性命無大礙的傷患。而車夫由非戰鬥員的僕人擔任。

還好沒有叫我去當車夫。

大概是顧及不要影響傷患的傷勢，馬車以慢跑的速度行走，非常緩慢。即使以直線距離來看，到達聖留市僅有二十公里，花費的時間起碼需要三四個小時。

我們和數輛載回士兵遺體與飛龍遺骸的馬車擦身而過。

「遺骸是要拿來做什麼嗎？」

「是的，用飛龍皮加工過的披風和皮甲很堅固，能賣到高價。牙齒和骨頭也會有商人們來購買。」

「不過這陣子，軍隊的伙食要是有肉的話，不免要質疑一下是不是飛龍的肉呢！」

「不好吃嗎？」

對於我的疑問，兩人僅是對視苦笑，並沒有回答；而代替她們回答的是男車夫。

「很難吃喔！和老鼠有得拚。比狼肉還硬，比縞狸還臭，恐怖到極點，吃過一次就不想再碰第二次，沒有人要吃的啦！」

「請問有那麼糟糕嗎？」

「小少爺，對我這種車夫不需要用敬語。那樣的肉還是會給西街的居民和奴隸們吃，只要把飛龍的遺骸拿到街上，解體屋前面就會跟祭典一樣熱鬧喔！」

有奴隸制度嗎？

到了鎮上該不會有奴隸課程吧？

我有點在意，趁對話的空檔搜尋地圖。聖留市的人口分布八成左右是市民，剩下近兩成是奴隸。貴族、商人之類的富裕階級，以及神官、巫女等等皆為少數，只占全體的幾個百分比。

搜尋了以後才知道，居民不單單只有人類。

所謂的普通人類被稱作人族，占居民的九成以上，剩下的一成不到是矮人和地精等的妖精族，以及犬人、貓人等的獸人族。

在奇幻題材中最有名的精靈族，出乎意料地只有一人而已。

稀奇的種族也很多，我甚至學到了白翼族和豹頭族等等從未聽過的名字。

在那之中發現蜥蜴人族的時候，我嚇了一跳，說到蜥蜴人族應該指的就是昨天見過的蜥蜴人。

還以為是如同西方遊戲的虛構種族圈一般，普通地共存，不過除了妖精族以外的亞人，幾乎都是奴隸。

其他尚有一個魔族的傢伙光明正大地在鎮上居住。

看來是種族十分多元的國家。

「啊！看見了唷！」

「喔？那是都市的外牆嗎？」

「是的！就算飛龍襲擊過來也牢不可破，很堅固！」

確實是很宏偉的城牆。它完全包圍住了都市，因此理應說是市牆吧？

市牆以巨大石塊堆疊打造，和周遭的林木相比之下推估有十公尺高，地圖情報上顯示厚度為三公尺，裡面還建造了通道，每隔五十公尺便有一座壁塔，其上能瞧見站哨的士兵。

「佐藤先生，到了聖留市，您有認識的人嗎？」

或許是可以看見都市的關係，潔娜又提起這個話題。

「不，可惜沒有。總之，我想先找住宿的地方。」

「那樣的話，門前旅館不錯。進去正門不遠處有一家旅館，雖然有一點貴，大家都說很乾淨，餐點也好吃。」

「那不錯。」

伊歐娜小姐告訴我她推薦的旅館。乾淨是一定要的，因為我在大學時代進行貧窮海外之旅時，曾遇過昆蟲們活蹦亂跳的房間；而且，提到旅行的樂趣就是吃飯，肯定會出現黑麵包或鹹湯不會錯。

話又說回來，一和潔娜或伊歐娜小姐說話，我就感到傷勢較輕的兩位男性士兵投射過來折磨人的視線。

不曉得是否馬車晃動導致骨折會痛的緣故，他們並未過來糾纏，可是我仍不希望被滿是嫉妒的視線直盯著瞧。若視線能殺人，我彷彿死過兩三回了。

「那麼，佐藤先生，之後我會去和您道謝，請在門前旅館安心住下來。」

「道謝就不必了。」

「不可以！賭上馬利安泰魯家之名，請一定要讓我道謝。」

散發著嫻靜氣質的少女，居然有特別強勁的氣魄。

不對，是在拚命逞強嗎？

我如果是在她那樣的年紀，應該會誤會她喜歡我。

由於我對受傷的士兵們感到不好意思，最後和她約定了「我會在門前旅館住下的」，遂在正門前道別。

「佐藤先生，請過來這裡。索恩騎士在裡面嗎？」

伊歐娜帶領我前往與正門相鄰的衛兵辦事處。

她的話語後半段是對著辦事處前方站哨的年輕衛兵說的，被美女搭話的衛兵面紅耳赤地幫我們大聲呼喊在辦事處裡面的騎士索恩。

伊歐娜小姐以從容的表情向衛兵說了「謝謝」，然後就像進自己家門一樣地隨意走入屋中。我也如同一隻追隨在母雞後頭的小雞，戰戰兢兢地跟在她的身後。

由於汲取光線的窗戶很小，辦事處裡頭稍嫌昏暗。

「好久不見，索恩騎士。」

「喔！是伊歐娜小姐啊！妳父親還是老樣子視玫瑰如命嗎？」

「我不喜歡索恩大人提這件事。」

看起來是伊歐娜小姐的熟人。被稱作索恩的騎士，有著將近兩公尺的巨大身軀，是猶如半巨人一樣的大個子。

「喔，是小弟弟啊？眼神是很好，但有點瘦哪！多多吃飯，成為能守護伊歐娜小姐的好男人吧！」

不對不對，你誤會了什麼了。即使砰砰地敲打著我的背激勵我，我也沒有回嘴的打算。

她的確是嬌豔的美女，尤其是我的菜，但是這種女強人類型我有點應付不來。反正她也不會把我當成對象，跟我沒有關係。

「您錯了，這位先生是潔娜的恩人，因為弄丟了身分證，想要申請再度核發。」

「要用大和石嗎？」

「要的，麻煩您。」

希望他們不要再用只有自己人才懂的謎樣文字了。索恩騎士引導我進入的房間裡，放置著和二十吋寬液晶螢幕一樣大的石板。

「小子，來這邊！」

我走到在石板旁招手的巨漢身邊。

「還是先問問你，你沒有被通緝或竊盜過吧？」

「是的，當然。」

我是和犯罪無緣的普通人。

「那把兩手放在這個大和石上唸出名字。」

這是調查犯罪經歷的魔法道具嗎？

照他所說，我把手置於石板上。不過，大和石的「大和」是從哪個地方來的？我連宇宙都要去？（註：暗喻宇宙戰艦大和號）

名字啊……相較起鈴木一郎，不如角色名更好吧。

「佐藤。」

看樣子角色名是對的，石板開始產生模糊不清的白光，有什麼文字顯現了出來。

雖然是未曾見過的文字，由於擁有希嘉國語技能，我竟能夠完全讀懂。

呃，顯示的是角色狀態情報嗎？要是三百一十級的事曝光的話，可能會釀成大騷動——

哎呀？這個數值好奇怪。

「小子，可以把手拿開了。」

石板上顯現的角色狀態，和主選單角色狀態畫面上的數值有所分歧，出現了「種族：人族」、「年齡：十五」、「等級：一」、「所屬：無」、「職種：無」、「階級：平民」、「稱號：無」、「技能：無」、「賞罰：無」。

簡直就像昇級之前的資料。

我靈光一閃，打開主選單的交流欄做確認，看來答案是對的，這一頁的設定直接反應在大和石上了。

原先這只是用來撰寫玩家之間交流的個人檔案，並是附有便條紙功能的記事本頁面，竟新增了比遊戲本身更多的項目。

交流欄的個人檔案能夠變更項目，從下拉式選單能夠選擇個人數值，原來擁有的數值應該就是上限，名字、稱號和技能也能選擇「無」。

其他就算了，名字選「無」會怎麼樣？是表示我不想與人交流嗎？

「唔，你已經成年了？我還以為更年輕呢！話又說回來，都成人了居然只有一級，還很嫩哪！」

嗯？比成人更年輕？

這樣啊？說到這個，今早洗臉時我發現返老還童回到高一時期了吧。在這個國家十五歲就是成人了嗎。

我適時地回應他的話，邊試著在地圖上搜尋。

確實等級一的人幾乎都在十歲以下，若以十五歲來搜尋，有過半數的人是等級三，最重要的是，我被視為只積累了和十歲兒童相等的經驗嗎。

就在我分心去思考這種事情之際，他用羽毛筆在紙上唰唰地記下石板的紀錄，那是與外表不符的纖細文字。

他在最後寫道「證明者：聖留伯爵家家臣，騎士索恩」，並拔下印章戒指，蓋在他的名字上方。

「喏，這次不要再弄丟了啊！核發的費用是銀幣一枚。」

證書是以和紙般的紙製成，不是羊皮紙，覺得有點可惜。

為了領取他遞出的證書，我經由口袋從儲倉中拿出希嘉王國銀幣一枚遞交給他作為交換。每一種希嘉王國的貨幣我都有一百枚以上，因此也不需要為兌幣而困擾。

「什麼嘛，有好好地把錢收在口袋啊？十分謹慎哪！往後也要拿好身分證不可以離身喔！」

他回過頭向伊歐娜小姐問道：「入市稅呢？」進入市內需要稅金？

平民的話要繳交稅金大銅幣一枚，伊歐娜小姐表示就當作幫助潔娜的獎賞，可讓我免除入市稅。

「這個也拿去，是滯留許可牌。滯留許可期間共十天，如果還想再延長滯留，就到這個辦事處或中央區公所申請延期，花三枚銅幣就可以幫你辦理手續。」

他交給我的是印有烙印的木牌，上面畫有和城門同樣的紋章，還有幾個數字。

我想數字是滯留許可期限的日期，當然那並非常見的數字，而是外形如同符號般的文字，一個字代表一個數，和阿拉伯數字是相同邏輯的樣子。

「要是被衛兵發現超過期限還待在街上，需要罰一枚銀幣，付不出來的話就貶為一般奴隸，務必注意。」

不曉得是不是經常在講，他口若懸河，流利地對我說明，我得小心不要忘記了。

但話雖如此，滯留期限一過就貶為奴隸也真夠嚴苛啊！

和江戶時代逮捕流浪漢相似的感覺？

我把滯留許可牌與身分證收進背包，當然，收好後一趁他們不注意，我就把東西移動到儲倉。

「謝謝。」

「嗯，發生什麼麻煩事的話就到辦事處旁邊的萬事屋去尋求幫助，雖然需要花錢，但數目不至於太驚人。」

事情也辦完了，我和藹地打聲招呼便離開辦事處。

「佐藤先生，很抱歉，我還有事情要找索恩騎士，就在此處道別。那裡的黃色招牌旅館就是我剛才所說的門前旅館，很好找。」

我望向伊歐娜小姐所指的方位。

尋找了一會兒日本常見的大塊片狀招牌，卻找不到那種東西。

我細細查看，有一間看起來像是店家的房子，入口處擺飾了鍋墊般的牌子。

難道那就是招牌？

我向伊歐娜小姐道謝，遂往旅館而去。

聽見辦事處內傳來索恩騎士與伊歐娜小姐的對話，但話題好像與我無關，我便放棄用順風耳傾聽。

市內散步

「我是佐藤，學生時期只要存夠了打工錢，就會和女朋友與社團夥伴們去旅行。偶爾到海外，就能再次體認到日本的美好之處。在衛生與服務相關方面來看，我還從未到過超越日本的國家。」

我伸了個大懶腰，眺望滿溢異國風情的街道。

剛才馬上被帶到辦事處以致沒有發現，門口到街道之間建造了約莫半徑二十公尺的半圓形空間。是為了防止出入混亂？還是為了打仗之用？我並不清楚。

就好像電影或西方３Ｄ遊戲中所能看見的石造都市。

在街道上行走的人們也大多是身穿彷彿在遊戲設計企劃書上出現過的束腰上衣的男性，及復古洋裝打扮的人。

貧富之間差距頗大，我甚至看到了衣長很短、洋裝縫有補丁的女性，和骯髒襯衫搭膝上短褲的男性等等。

這時我將注意力移至建築物。

能見範圍裡的所有建築幾乎都是兩層樓式的石造建築，但儘管如此，不光是石材，似乎也有使用木材與磚瓦類的建材。

連綿不絕的屋頂另一端，有高塔外型的建築物冒出頭來。

高塔頂端有著風車，那是磨坊還是什麼？我只有遊戲和小說程度的了解，不知道正確答案。反正預定暫時要留在這個都市，等一下去觀光看看吧！

眼前的道路直線延續到遠方朦朧可見的內牆，是一條寬達六公尺的廣闊道路。而在內牆的另一端，應該就是領主的城。

看來聖留市是比原本所想還要大的堡壘都市。

即使如此，這是多麼振奮人心的光景啊！以遊戲開發者的立場，不對這個夢幻景觀感到興奮難耐是不可能的。

可是這真的是我夢中的景色嗎？

這樣的懸念在腦中揮散不去。對我而言，描繪這種真實街景的設計感一概全無，如是我作的夢，會更俗氣或細節空泛。

假若這是一場夢，就是除了我以外的某人的夢吧。

作這個夢的人肯定很喜歡遊戲，我多麼希望這是不用耗損ＳＡＮ值的世界。

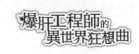

不過這樣的思緒被往我手臂襲擊而來的柔軟觸感給強迫中斷了。

「喂，你！現在是從門的方向過來的吧？是吧？一直東看西看的，如果還沒找到要住的地方就來我家嘛！會給你優待唷～」

「什……什麼……」

「好嘛，好嘛，雖然不比其他家便宜，可是也有真心烹煮的美味料理和乾淨的床鋪！」

我趕緊關閉地圖，眼前出現一位茶褐色眼瞳的可愛少女。

她將細緞帶編進咖啡色頭髮，綁成了變化過的側馬尾，儘管距離太近以致看不清楚服裝，但看得出是中學生左右的孩子，ＡＲ顯示上顯現出十三歲。

不過，從手臂上被強壓住的觸感來判斷，她似乎有著與年齡不符的卓越胸器。

這個過度活潑的女孩拴住了我的手臂，強拉著我走。說到拉客，在現代的日本裡，是只在大學校慶才看得到的景象。

當我享受著這包覆手臂的幸福觸感時，已被拉進了有如酒館的店家。不知是不是從主要大道進來的緣故，相較之下有昏暗的感覺。根據進入店內時瞄到的招牌來看，這裡就是剛才預計要來的門前旅館。

「媽媽！媽媽！我把客人帶來了唷！」

「唉，妳真強勢，不要造成客人困擾喔！」

一個體態豐腴的大嬸向女兒這般叮嚀，從深處的廚房走往類似吧台的地方。

我沒有打算要抗拒手臂柔軟的觸感，或是抱怨她強硬的拉客行為。

嗯，軟Q就是正義嘛！

大嬸與威嚴的形象迥異，是個徹頭徹尾的美人胚子。大概三十歲出頭吧？叫大嬸太失禮哪，叫老闆娘吧。

在老闆娘的臉孔旁邊有著AR顯示，出現了證實我的判斷的資訊，真的是很有遊戲風格的夢境。顯示出來的情報與方才的大和石類似，項目卻有些不同，現在顯示的是更為詳盡的資料。

身為這個女孩的母親，她的美貌並不會不自然，但為何這麼胖！再瘦十、不，再瘦二十公斤的話即是我的守備範圍了。

可是人妻這一點就出局了，畢竟外遇會讓大家變得不幸，因此沒有考慮的必要！

「嗯？你看起來沒有拿行李，真的是客人嗎？」

「因為前天的星降騷動，載運行李的馬匹逃跑了……幸好錢包留著，才好不容易進到市街上。」

「是場災難呢。我們家單單住宿的話一天要一枚大銅幣喔！如果願意住大通舖是銅幣兩枚。餐點要是在這酒館裡吃，會附贈一道小菜給你，是房客限定的優惠。」

唔嗯，雖然我是不懂行情，但是如果想弄清楚大銅幣與銀幣的變換匯率，預付十天份比較好。

老闆娘應該有算數技能，不會計算失誤吧。

「那麼我先預付十天份。」

「好，這樣剛好銀幣兩枚喔！」

我從口袋中拿出兩枚銀幣遞給老闆娘。

看來五枚大銅幣等於一枚銀幣。這或許是我的偏見，但老闆娘應該要賣個人情說：「給你折扣一枚銅幣喔！」出現這種誤差才對吧。

好了，旅館也順利找好了，好想吃點東西哪！昨天只吃了能量棒，肚子有點餓了。

「老闆娘，已經可以用餐了嗎？可能的話我想簡單吃點東西。」

「要是再忍耐兩個小時的話，我就能端出熱騰騰的飯菜了。廚房熄火了，只剩事先做好的鹹派和配菜。」

鹹派嗎？自從上個月在家庭餐廳吃過以後就沒再吃了哪！如此歐式奇幻的城鎮，我還在想會不會出現黑麵包和鹹湯，看來是偏見。

「那麼，麻煩就那個。」

「好，我馬上拿來，你在那裡坐著等。瑪莎，讓客人寫房客登記簿。」

老闆娘走進了像是廚房的地方，取而代之的，拿著如時代劇中的掌櫃會有的繩結帳簿的瑪莎，啪躂啪躂地走了過來。

剛才沒能看見，原來瑪莎身穿白色襯衫搭配淡橘色裙子，和支撐下胸的咖啡色束腹背心，鞋子則是外觀如室內鞋般柔軟的皮鞋。

「好～客人，我會代寫所以請告訴我姓名。」

「佐藤。」

「佐藤先生對吧？請問你的職業和年齡～」

我差一點說出二十九歲程式設計師，趕緊修正說詞。畢竟角色狀態畫面上記載著十五歲，剛才申請的身分證也是那個年齡。

「旅行商人，十五歲。」

「欸！比我大？我以為和我差不多同年呢！」

瑪莎驚訝萬分，卻仍唰唰地繼續寫著簿子，看起來那是草紙之類的紙。

而且在登記的時候，我並沒有被要求出示身分證。

寫完房客登記簿的瑪莎，正打算閒聊之際，端來盛滿料理的盤子的老闆娘走出了廚房。

「久等了，小菜是贈送的唷！」

我想是我的錯覺，老闆娘擋住了我看瑪莎的視線，將料理一一排放在桌上。

出現的是將扇形形狀切成兩半的鹹派並配上放在小缽裡的醃漬白菜。鹹派很厚實，份量十足，餐具是木製叉子。

我給予一枚銅幣作為飯錢，總覺得銅幣讓我有支付十圓硬幣的氛圍。

好了，不說這個，睽違了一整天的像樣的飯菜，我就來慢慢品味吧！

主菜是使用了大量馬鈴薯、紮實的鹹派。

配菜是類似菠菜的菜葉與蘑菇，還有，這個紅色的東西是洋蔥嗎？

明明菜都冷了，居然還比想像中來得美味。

如果再加一點肉乾更好，不過勉強別人提供飯菜還加以抱怨是不對的。

「媽媽的鹹派如果剛烤好會更好吃唷！」

「瑪莎，今早出發的膽小鬼商人的房間打掃了嗎？」

「對不起，還沒。」

「那就快點去掃！」

「好～！再見嘍，客人。」

所謂的膽小鬼商人是什麼？

「啊，是在說看到昨天的星降之後，一整晚吵著：『魔王找龍之谷的龍們打架了！』結果今天早上一走了之的那群人。」

影響到生意了嗎？我做了壞事。

不對，比起那個，有更在意的詞彙。

「魔王是存在的嗎？」

「嗯嗯，曾經存在，自從被勇者大人討伐以來，儘管將近六七十年了，目前還沒聽說過在哪個國家復活。」

存在啊，魔王，還有勇者。

但是已擊退太好了，這假如是遊戲，主角一旦進行事件就會復活了吧。

不要再深入收集情報比較好。

「但是，希嘉王國成立以來經過至少六百年，都不曾有魔王在這個聖留市和鄰近的伯爵領出現過唷！就算魔王襲擊過來，最先會到達迷宮都市一帶，和這國家是相反方向所以不會出事。」

怎麼說呢，若是遊戲，這是立起魔王襲擊旗標的時機啊！

「這個都市反倒是飛龍比較恐怖。別說小孩，連在田裡幹活的年輕人和載貨馬車都會被叼走喔！軍隊很強，所以聖留市還算安全，但是都市外的人們都一邊做田活，一邊膽顫心驚，害怕飛龍會飛過來呢！」

比我原本所想的還要可怕的地方哪！

「但是，龍不會襲擊過來嗎？」

「神話中也曾提過，龍是懶覺鬼喔！因為都在龍之谷中睡覺，所以很少現身。最後一次來的時候是兩年前，在更之前就是比我出生還要更久遠的事了。當時黑龍襲擊過來，山羊和綿羊全部都被吃了，很淒慘呢！」

只提了家畜就代表人類的受害數量很少吧？

我本來還想再聊一會兒，老闆娘就被廚房叫走了。

在吃完剩餘的鹹派之前，來吃看看小缽裡的菜吧！

小缽裡的醃漬物配菜不是白菜，而是高麗菜的樣子。

因為顏色偏白所以搞錯了，味道很接近以前在德國啤酒專賣店吃過的德國泡菜。

上面灑的是切碎的香芹吧。

從二樓下來的瑪莎告訴我，攪拌再吃的話能中和掉酸味。

話說打掃已經結束了嗎？連十分鐘都還沒過喔？

我一邊用餐，一邊向看起來很悠閒的瑪莎探問販賣日用雜貨的場所。

因為我有地圖，所以知道店家所在的地方，但情報交流是不可或缺的。

「欸？雜貨？要買的話，東街有露天攤販，那裡可以買到唷！如果只是小東西，可以讓我家的女傭去買。」

抗拒。

「不勝感激，可是我想要購買換洗衣物與內衣等等東西，所以還是自己去。」

差遣女傭買東西雖然很像有錢人，令我嚮往，可是由陌生人幫忙買內衣這種事，我莫名抗拒。

「唔～要二手衣物的話在東方大道的攤販買得到喔！」

「二手衣物有點……」

「想要新品的話，中央大道有量身訂做的店家，是最高級的，不過很貴。」

「我不要訂做的，沒有成衣新品嗎？」

「成衣？啊，已經做好的衣服嗎？你明明就很年輕，竟然會說很難的詞。在鐵普塔大道買得到，不過比較貴。」

鐵普塔大道嗎？我打開地圖尋找，看來離這裡有段距離，總之先釘上標記地圖用的大頭針。

「謝謝，逛完攤販之後，我會去鐵普塔大道看看。」

「對了！我幫你帶路吧！媽媽！反正今天客人也很少，可以吧？」

喔喔，要帶我去嗎？那真是高興啊！

有當地人作導遊逛露天攤販，令人興奮呢。

儘管老闆娘千交代萬交代要在開始準備晚飯之前回來，但帶路這件事情仍被允許了。

不過雖說我是客人，讓身分不明的男子與女兒兩人單獨出門，看來危機感不夠——不對，儘管不想承認，說不定把我當作人畜無害的類型了。嗯，那還比較有可能。

我在高中時代，交情要好的女孩子都只是一味地跟我說：「鈴木君是好人呢！」

不行，不可以回憶過去的創傷了。

瑪莎帶領我來的東方大道，有眾多繁雜的攤販排列在五百公尺的區間之中，各家攤販的空間約半張榻榻米，很狹小。是我的錯覺？有些微醬油的香味飄散著。

「關閉的店很多呢。」

「啊——那一帶是賣吃的店，或是賣從鄰近村莊來的農作物的地方，過了中午就會關了。」

據說食物類攤販會在黃昏時分於數個廣場接連擺攤。

販賣衣服的店家由於在大道的後方，我一邊朝向那個方向，一邊和瑪莎走馬看花，看起來販賣食材的店沒有全部關店。

我在專注觀賞木雕髮飾的瑪莎身旁，對一個奶奶和隔壁攤子的老爺爺之間的對話產生興趣，便使用了順風耳。

「這個加波瓜三個多少錢？」

「三個要兩枚劣幣。」

「好貴，值一枚劣幣而已吧？」

「大姊，那樣的話我就賠本了啦，算妳四個兩枚劣幣怎麼樣？」

「五個兩枚劣幣。」

「好吧，因為大姊是位美女，就那個價格吧！」

殺價是基本的嗎。我習慣按照標價買東西，所以覺得殺價好麻煩。順帶一提，加波瓜是拳頭大小、類似染紅的南瓜的根莖蔬菜。

我被劣幣這個稀有名字吸引，從儲倉中取出了符合的貨幣一瞧，竟是浮現銅鏽，一公克左右的四角形黃銅幣。

瑪莎將水鳥造型的小型髮飾放在頭髮上讓我看。

「怎麼樣？適合嗎？」

「嗯，很適合喔！」

「和這個比哪一個好呢？」

呼呼呼，我早預料到這個問題會來了！

在大學時代被鍛鍊過了，這種時候，傻傻地直接表達感想是不行的，要從女孩子挑選時的樣子來判斷，選擇本人比較中意的那一邊就可以了。

如果不這樣，購物時間就會拖長。

「我覺得這邊水藍色的比較好，一定很襯瑪莎的頭髮。」

「果然，你這麼覺得？」

「那算妳三枚銅幣就好喔！」

不知是不是被當作會買的客人了，店主馬上告知了價格。

「抱歉，今年收穫祭時我會再來買，現在我的零用錢還不夠。」

哎呀？我還以為她會要我買給她，看來瑪莎是個客氣的孩子。大學時代被女朋友鍛練過的緣故，我原本打算全都買下來送她。

反正我也想嘗試看看殺價，不如就當作導遊費買給她吧。

「一枚銅幣賣不賣？」

「那連工資都不夠付，至少要兩枚銅幣。」

當我一開始交涉價格，瑪莎大概是覺得讓別人亂花錢很不好意思，拉扯我的袖子對我客氣道：「喂，沒關係啦。」卻被我以手制止了。由目前為止見學到的匯率來算，五枚劣幣應該等於一枚銅幣，而五枚銅幣等於一枚大銅幣。

「一枚銅幣和兩枚劣幣。」

「最少要一枚銅幣和四枚劣幣。」

「一枚銅幣和三枚劣幣，怎麼樣？」

「好，賣了。」

我從口袋中取出數量剛好的貨幣付錢，並將拿到的髮飾直接戴在瑪莎的頭髮上，這就和跟親戚的小孩一同逛夏日祭典的時候差不多。

＞獲得技能「殺價」。
＞獲得技能「市場行情」。
＞獲得技能「交涉」。

多虧殺價成功，我獲得了各種技能。看似十分方便，因此我全部分配了技能點數並將之設定有效。

「欸嘿嘿，謝謝佐藤先生。」

「不會不會，這是幫我帶路的謝禮。」

我向害羞的瑪莎回應客套話，若想追求她，這裡應當瘋狂地稱讚她一番才對，但是很可惜我不是蘿莉控，因此暫且自重，不可越界。

託了設定市場行情技能有效的福，只要一盯著商品，ＡＲ顯示中就會跑出市場行情價格，它以白色字體顯示銅幣二～四枚的範圍，恐怕那範圍就是市場行情。

即使如此，在工作的小孩子真多啊！

「怎麼了？佐藤先生。」

「不，我在想小孩子真多。」

「那是家僕和小女傭。」

「咦～才這麼小很了不起。」

「欸？很平常啊？」

瑪莎以彷彿打從心底覺得不可思議的表情，杏眼圓睜地望著心生欽佩的我。難道就業年齡很低？

喔喔！那個是！

在人山人海的縫隙之間，我瞧見了微微抖動的貓耳，那絕對是獸人！

獸人都集中在西街，我還沒有親眼看過呢！

謾罵聲傳了過來，強迫終止了我心花怒放的情緒。

「真髒啊，這副野獸模樣不要給我跑來東街。」

穿著束腰上衣的年輕人，踹了搖搖晃晃地搬運大型東西的犬耳族小孩一腳。

犬耳族小孩咚地摔倒，將懷抱中的整捆木柴撒落一地。

她的雙耳下垂緊貼，戰戰兢兢地抬頭看向踢他一腳的男人，同行的貓耳族小孩立刻奔跑過來，鞠躬哈腰地拚命道歉。

「這些孩子做了什麼嗎？」

「哈！你的奴隸嗎？給我好好綁上繩子帶進西街裡頭！」

真不像我，不加思索就插手，看到貓耳族小孩道歉的模樣，我無論如何都不想坐視不管。

說實在的，我本來還很困擾要怎麼應付，對方早早離去真是幫了大忙。

我把犬耳族小孩所散落的木柴收拾起來。

「木柴。」

「還……還給……還給。」

是以為我要沒收木柴嗎？犬耳族和貓耳族的孩子由下抬頭看著我，犬耳族小孩不知是否因為害怕而說不出「還給我」這句話，頻頻跳針。

我用背包裡拿出的繩子將木柴重新綁好然後還給他們。

「沒有受傷吧？」

「系的。」

「沒事的喲。」

「這樣啊，主要大道人很多，要小心喔！」

我目送連連道謝的兩人之後，一回過頭，瑪莎正以微妙的表情佇立著。

「怎麼了嗎？」

「因為，你居然對獸人那麼親切……」

嗯？因為很可愛不是嗎？

雖然還需要再打扮一下，洗個澡的話，我想會變成相當漂亮的美人。

「在這個都市裡，獸人是被討厭的嗎？」

「嗯，聽說以前獵人和來販賣農作物的村民時常被獸人所殺。」

感覺像是盜賊或蠻族？

「啊，你看，那裡。」

話鋒一轉，瑪莎找到了有興趣的東西，遂將我往那裡拉了過去。我停止了思考，定睛一瞧，那邊正販賣著裝在籠子裡的小動物。

賣家是穿著毛皮背心、獵人模樣的男子，腰間配帶短柄小斧之類的東西。

話又說回來，路上行走的人們之中，有帶劍的人並不多，僅有看似護衛及流氓模樣的人配戴。除此之外，頂多有將短劍一般長度的工具夾在皮帶裡頭的人。

因為劍意外地重，要是配掛在腰上，衣服會被大力往下拉扯，肩膀會痠。

「真的是很可愛呢。」

「看起來很好吃對吧。」

我和瑪莎對於籠中小動物的感想，完全是天差地別。

瑪莎不知是不是為食慾優先的自己感到羞愧，「咳哼」地假裝咳嗽並勾起我的手臂拉往下個攤位。

看來是想佯裝什麼都沒發生嘛。

在到達服裝區之前，我買好了馬克杯、梳子、肥皂、磨牙棒等等物品。磨牙棒是某種植物的根莖乾燥過後的東西，要咀嚼之後再用水漱洗，並沒有牙刷和牙線之類的物品。

玻璃製品也沒有看過，鮮少看到像那樣的東西，大多都是水晶和寶石等等的加工品。

我大概開始習慣了這裡買東西的方式。

不知為何，突然用市場行情價購買，好像會被討厭。我在第三間店舖左右抓住了訣竅。以市場行情價的一半左右開始交涉，經過三四次殺價後引導到市場行情價似乎比較好。偶爾為之是無妨，每次都要這做可麻煩得不得了。

東方大道中央附近的廣場聚集了人群。

「聖留市的善男善女啊！魔王復活之日將近！大家也都看到了！那場星降，絕對是凶災的前兆！來吧，善男善女們，現在該是歸依到德高望重的札伊庫恩神殿之時！」

穿著神官服、看似很囂張的約三十歲左右的肥胖男子，口沫橫飛地在那裡進行著演說。聽到中途的人們，在皈依云云的時候便喪失興致一哄而散。

「那是什麼啊？」

「是札伊庫恩的神官長喔！我想是因為信眾減少而非常努力。」

「嗯～他做了什麼嗎？」

「不是的，是因為什麼都做不了才會減少。」

我聽得一頭霧水，從我的表情中察覺到的瑪莎，向我補充說道：

「因為在札伊庫恩神殿裡，沒有會使用神聖魔法的人。既然都要捐款，捐給受傷時能為你醫治的巴里恩和加爾雷恩這一類的神殿還比較好。」

原來如此，說是貪小便宜呢，還是功利主義呢。儘管和信仰有一點不同，但具有現世利益的宗教，信徒聚集是必然的。

胖子神官長拚命過頭，開始去拉離散的市民。周遭的一般神官們正在阻止他，但我因為不想受到牽連，就直接通過並離開了該地。

服裝區不僅僅有販售二手衣服的店家，還有多不勝數的調整尺碼及修補的店。我在成排的二手服裝店之中好不容易找到了販賣新衣的攤子，於是多購入了些內衣。

由於也有在賣毛巾，我順道挑選觸感看似良好的，不過它單純是將兩塊布重疊縫製而成，這件事我有點不滿。

可是如果沒有毛巾會很困擾，所以我選購了幾條不同尺寸的。

比起伙食費和住宿費，衣服的價格是稍微高一些。

「你看你看，佐藤先生，是龍的面具唷！」

瑪莎拿了一個排放在攤位上的面具戴在臉上，是一個木雕的面具，其他還正在販售各式各樣如銀色的無表情面具、白色的面具等等。

「這個呀，是要在收穫祭的祭典上戴的唷！去年這個銀色面具很流行。」

嘿——我拿起一張銀色的面具，看起來是用繩子固定的類型。

「怎麼樣，大哥，這是無病無災家庭安康的龍面具喔！」

攤位的大姊向我推薦了面具，是二十歲出頭左右的女店主。由於胸口穿V字領，我很困擾目光該擺放的位置。她絕對不是我的菜，也不是美女，但是本能地視線就飄了過去。

為了轉移視線，我詢問了下關於面具旁販賣的假髮。

「這個也是和龍面具一起戴的嗎？」

「龍面具只限扮演龍的人，這頂黑色假髮是給扮演勇者的人戴的，另一頂金色假髮是給扮演隨從和扮演公主的人戴的唷！」

原來如此，看來是有各種角色扮演的祭典。

結果，我依照她推薦的，買下了銀色面具和金色假髮。

在鐵普塔大道上有數間服飾相關的店家。

我先在旅人專用的店裡，購買雨天時能作為雨具使用，附兜帽的防水披風，還購入了幾套看起來很堅實的上衣及短褲。

鞋子選了旅行用防水耐久、和長袍相襯的鞋子，還有拖鞋各一雙。

以拖鞋來說，雖然古希臘式繩結綑綁的鞋款是主流，但我想要室內可穿的拖鞋款式，因此向店家裡頭的鞋匠訂製。

在等待鞋子完成的期間，我發現了和萬納背包極為相似的包包。

是不是找到寶了？我振奮不已地確認市場行情，但似乎是非常普通的皮製背包，因而覺得失望。

不過好像能成為萬納背包的替代品，我遂買下。顏色和縫製是有一些不同，但只要不放在一起比較應該沒問題。

有點買太多了，非常占地方。

「不好意思，在買東西期間，能不能讓我寄放一下東西呢？」

「是，可以的！需要的話，還能宅配到府，您覺得如何呢？」

「啊，麻煩了，收件人請寫門前旅館的佐藤。」

幸虧買了一堆東西，並沒有被收取運費。

真的是服務很好呢！

不知是不是店裡的孩子，一個十歲左右的男孩從店員那裡收到衣服後就幫我運送出去了。

我在下一間店挑選上街要穿的衣服。

現在所穿的衣服儘管是上等的魔法物品，但我到處看了成衣和街上人們的感覺，好像是有點老舊的樣式。

「這件長袍怎麼樣呢？能顯現出威嚴喔！」

「有一點太大了。」

「那樣的話，這件緊身衣如何呢？」

從剛才開始，輕熟女店員兩人一直試驗性地，與其說是合適商品，不如說是把高價商品強迫推銷給我。是耍美人計嗎？恣意地往我身上靠，雖然很好，但香水味太濃，導致我的喜悅度減半。

「欸欸，佐藤先生，這件緊身衣比較適合不是嗎？」

「啊，很不錯耶，雖然內裡的橘色很誇張。」

「兩三年過後顏色就會掉了，所以沒問題的喔！」

兩三年是怎樣？我這麼想，不過也許在這個國家再平常不過。

撇除掉外套與西裝，我基本上每過一季便會買新衣服替換。

緊身衣，粗略來講是指合身的高腰上衣。

聖留市的緊身衣在手肘到肩膀之間作了缺口，可以看到見內裡的布。缺口有只做袖子，或做到身體的款式，皆有不同。

到這裡前，我一路看過來的感覺，這似乎是輕浮大哥經常穿的服飾。

「這件是今年流行的顏色喔！」

「沒錯沒錯，強力推薦這個顏色！」

店員們推薦的衣服，價格比瑪莎幫我找的衣服約莫貴上三倍。由於沒有標示價格，我依賴了市場行情技能，應該不會有錯。

它除了有奇怪的肩膀裝飾以外，綠色及粉色的配色也很嗆，我遂意志堅決地拒絕了。

嗯，放棄在這家店買吧。

我忽略碎碎唸和抱怨的店員，前往下一家。

在方才的店家旁邊過去兩間，有陳列時尚感長袍的店家，我便過去看看。

與其說是男性服飾店，不如說商人類型的穩重衣服倒是很多。

「嘿～雖然很貴的樣子，卻很好看呢！」

「嗯，縫製也很精細，這間看起來不錯。」

「謝謝，不過比起客人所穿的尤里哈纖維的長袍還是格外廉價，但在成衣之中保證品質是最好的。」

年輕男性店長自信滿滿地向我推薦。不過，不推薦我也會買的啦。

「如果您希望訂做，中央大道上有我父母親經營的男性服飾店，我想只要去過一次，必定能提供您滿意的商品。」

喔～親子兩代同樣在做生意，卻經營不同的店嗎。是因為有才能，還是為了學習而在別間店工作之類的。

我在這間店購買了白布上有銀線刺繡的時尚感長袍，以及商人風格的深棕色長袍。這間店的運費也是免費，不知不覺讓我聯想到網路商店叢林呢。

預定買的東西是買完了，但是我很在意剛才店家所介紹給我的中央大道的服裝訂製店，因此便決定和瑪莎一同前往。

一進入那家店，即有看來親切的中年夫婦出來迎接我們。

這家店與成衣店不同，陳列的商品很少，僅擺著五件樣本衣和幾個平台上陳列的布樣，店面的一半空間中放著商談用接待桌椅兩組。

「不好意思，我想要耐用、像商人穿的配色穩重的長袍。」

「歡迎光臨，這邊請坐，我拿布樣來。那裡訂製台上的五個款式是最近訂製服的銷售排行。」

男主人引領我到接待桌，再到店裡頭拿出樣品。

女主人配合得天衣無縫地端出了紅茶類的東西。

在我身旁正襟危坐的瑪莎，一反常態地穩重，乖乖喝著紅茶。

「因為往後會變得寒冷，使用這塊厚質布料可以嗎？如果要用於旅行，我們也能製作和長袍相配的防水外套，您覺得如何？」

真不賴的商品，應該吧。

我是會在衣物大廠UNICLO（註：暗喻UNIQLO）大量購買不同顏色的衣服的類型，因此便訂購了銷售排行榜全部五個款式還有各自搭配的外套。到製作完成似乎需要花費五天。

縱然八枚金幣是很了不得的價格，但我有充裕的不勞而獲資金，所以乾脆地買下了。

「厲害耶，佐藤先生，商人是有錢人呢！」

「商人的衣服是如同騎士的劍和鎧甲一樣的東西，不捨得花錢是不行的。」

怎麼說出像是視聯誼如命的ＯＬ會說的話。

實際上，到內牆另一側的富裕階層區域觀光時，若不穿上適合ＴＰＯ（註：Time、Place、Occasion，即時間、地點、場合）的衣服，感覺很不識相。

順帶一提，現在我所穿的魔法長袍，市場行情大約在一百枚金幣上下，大多數遊戲都是這樣，魔法品有著相差懸殊的高價。

訂製的衣服完成後會幫我配送到家裡，但是三日後將會完成粗略縫製，兼顧到要做細微調整，我需要再來一次店裡。

我們在店長夫婦的目送下遠離了店家。

就連剛才的道路也是，都比我印象中的歐式奇幻街道感覺更加乾淨。

既沒有落下動物的糞便，巷弄間也沒有流浪漢。

連路邊都有附石蓋的排水溝。

儘管在遊戲裡是理所當然，但若不是夢而是別的世界，我認為和文明程度相比，衛生觀念相對發達。

中央大道和東方大道不同，露天攤位很稀疏，取而代之的是普通的店面並排著，路上行走的人也以妝扮高貴的人居多。

回家的路上由於有叫賣糖果的男子，我遂和瑪莎買來吃。它並不是很硬的糖，細棍的尖端有茶色的糖漿，似乎叫作麥芽糖。

我一邊走一邊吃，將視線放到道路上往來的人與馬車。

主勞動力是人力和馬力，就代表把魔法拿來當作機械的替代品並非那麼便利嗎？

話說回來，拉車的人大多帶著項圈。

「項圈很流行嗎？」

「嘿？啊，那是奴隸喔！因為隸屬的項圈只能戴在反抗的奴隸或罪犯奴隸身上，所以讓他們戴普通項圈當作奴隸的記號。」

叼著糖果的瑪莎回答了我的問題。

原來如此，是這樣的啊。

剛好有輛馬車通過眼前，是因為在街上嗎？馬車也放慢速度到跟人快步走差不多的速度，那輛馬車載著十個左右戴有項圈的女奴隸。

我定睛瞧著那之中的一人。

是一個雖然因長途旅行而疲憊，卻有著黑髮黑瞳、大和撫子味道的日本人容貌的少女。在占大多數的北歐風容貌中，亞洲系我是第一次看見。

那個少女視線朝下的緣故，並沒有變成目光對上之類的戲劇性的展開，但我卻和她身邊有著淺紫色飄逸秀髮的正統派北歐系小女孩四目相對。

不知為何，那個小女孩以驚嚇萬分的表情凝望著這裡。

不，被那樣深切的眼神盯著也會很困擾……對不起，我可沒有蘿莉癖好。

大概是長時間看著小女孩的關係，小女孩旁邊彈現出名字與等級。

亞里沙，等級十。小女孩等級居然那麼高。

資訊持續增加。

十一歲。

稱號：「亡國的魔女」、「發瘋公主」。

技能：不明。

看到這邊的時候，馬車彎過轉角，朝向西道路消失了蹤影。

明顯會惹禍上身的稱號……不不，我不會接近她的。

絕對不會！

◆

「歡迎回來，瑪莎小姐。」

一回到門前旅館，小學低年級左右的女孩子出來迎接我們。

我本以為是瑪莎的妹妹，但是妹妹的話不會稱呼「瑪莎小姐」吧？是之前提過的小女傭嗎？

「我回來了，悠妮。這位是佐藤先生，從今天開始是我們的客人喔！」

「歡迎回來，佐藤先生，行李已經先幫您搬運到房間了。」

「啊，謝謝，行李很多很辛苦吧？」

我邊說著，邊撫摸悠妮的頭。年紀明明還很小，卻比瑪莎格外用詞禮貌。

我不知道在這個國家是否有小費的習慣，我遞了一枚劣幣當作搬運費。因為瑪莎說著「太好了呢」，所以是沒問題的金額吧。

「對了瑪莎小姐，剛剛很誇張喔！」

「怎麼了？」

「剛才有幾輛馬車正在運送肉！」

「肉？呃，該不會是飛龍？」

悠妮十足興奮地合掌握拳向瑪莎逼近，瑪莎卻看似討厭地緊皺眉間。

「是的！有這～麼大，載在幾輛馬車上過來的！」

悠妮在說到「這～麼」的時候踮起腳尖，甚至手都在陣陣發抖地拉長身子拚命表達高度，在說到「大」的時候則讓雙手往兩旁張開表現寬度。

什麼啊這孩子，太可愛了。

大概是軍隊的人們解體的飛龍到了吧？

「飛龍的肉有那麼值得高興嗎？」

「是的，因為士兵們擊退了飛龍之後，領主大人會把肉贈送給我們育幼院！是肉唷！肉！啊，有好幾個月沒吃了哪～」

對於我的問題，悠妮以如同昭和年代孩童般的反應回答。

「但是，飛龍的肉很難吃我不喜歡，而且西方大道超級臭……」

在這樣的堡壘都市，肉也不是能立刻輪得到。她和瑪莎之間的溫度差，就是平常吃得到肉的階層和吃不到的階層差別吧？

「不說那個，看看這個，悠妮。很可愛吧？」

「哇～好小好可愛！」

瑪莎撇開飛龍話題，將我買給她的髮飾向悠妮展示，開始了嘈雜的對話。

我想差不多要回房間了，但在那之前問問有沒有澡堂。

從都市內的衛生觀念頗高看來，我可以期待澡堂和三溫暖吧。

「內牆中有公眾浴池，但我們平民不能使用。那裡只有貴族和內牆裡面有房子的富豪才能使用。」

唔，遠在天邊，近在眼前嗎？洗個澡還需要身分！

封建社會，我不會屈服的。

「真可惜哪！那瑪莎你們想洗澡時都怎麼做？」

「後院裡有水井，就在那裡洗唷！冬天因為很冷，大概每小月一次吧。嚴冬的話會感冒，所以在屋內用煮沸的熱水擦澡，可是在這個季節沒有人那麼奢侈。」

這種堡壘都市要確保燃料也很辛苦吧？

用地圖一看，附近只有一條小河，想必水源也是依賴地下水。

小月是指十天的單位，一個月用：上小月、中小月、下小月三種來區分。沒有週的單位，與之符合的表現似乎就是小月，好像也沒有星期幾這樣的東西。

雜談間吸收這些知識的時候，新客人來了。

「喂，瑪莎，房間是空的吧？」

「歡迎光臨！是的，是空的唷！」

來了兩位商人般裝扮的中年男性，與看似二十多歲不到三十歲的金髮美女。我向接待客人的瑪莎以動作示意要回房間後遂往樓梯走去，因為不曉得是哪個房間，便讓悠妮帶了路。

四個半榻榻米大小，只有床鋪一張、單人桌椅一套的狹窄簡易套房。

我向悠妮確認房間裡可不可以洗澡，即被以房間若有溼氣會導致霉味的理由拒絕了。也是呢。

購買的衣服由於全都放置於床鋪上，我索性拿了替換衣物和盥洗用具便朝樓下而去。

走出房間的時候，看見剛才瑪莎帶路的客人進入房間。兩位男性是同一間房，不過女性似乎是在別的房間，難道他們不是夫婦嗎。

我穿過悠妮告訴我的木柵門，邁向後院。

後院有八張榻榻米的大小，水井離後門沒有多遠，不是幫浦式的，而是古早的吊桶類型。由於牆上豎掛了兩個木製水桶，我借了一個取水。

還以為會很費力氣，是力量值很高的緣故吧？我十分輕鬆便提起了水。

即使如此，後院和後街之間區隔的東西只有矮籬笆而已。

行人就算很少，也不可能都沒人經過，在這種地方洗澡不會很丟人嗎？

我環顧周遭，發現後門旁邊有屏風。

對了！要用這個啊？

我將屏風放置到讓巷弄那頭無法看到的地方，開始洗澡。儘管只有腰的高度，作為遮蔽物已很充分了。

我用水沖洗頭髮，弄掉沙子與泥土，然後用買來的肥皂洗身體。肥皂出乎意料地味道好聞，對皮膚也很溫和。或許是因為耐力值高才這麼覺得也說不定。

雖然我很想要洗髮精和潤絲精，還是忍耐著用肥皂洗頭。搓不太出泡泡，可是汙垢卻著實地洗掉了。平常我都使用洗髮精，這是第一次用肥皂洗頭。

因為聽到了粗嘎的聲響，我回過頭。

一個女人打開後門出現了，是方才的女性客人。

不知怎麼地，視線對上了。

她輕輕點頭打招呼，遂開始在井口打水。

咦～？

有個男人近似全裸在洗澡，還心平靜氣地拉著吊桶。她並非在掩藏害羞，而是很平淡地忽略我。

女人用水桶汲完水後，徐徐放下屏風，脫掉了衣服開始洗澡。

欸？

是來真的嗎？不會太開放了嗎？

和我之間縱使有屏風，縱使是有！

每動一下，上半身就！

不，是推測Ｄ罩杯的「那個」，自己在上下晃動主張存在感。

前端儘管用手遮住了，偶爾還是會無防備地曝光……

不行不行，我也不是ＤＴ（註：指童貞）了，要竭盡意志力拉回呆望的視線，重新繼續洗澡。

朝氣蓬勃的下半身啊，給我自制一點！

瞥見的女性側臉，是一副有輕蔑感的從容的表情！

果然，成年女人真是厲害啊！

……ＡＲ顯示上看到的年齡居然還比我小。

好了，雖然大飽眼福，洗完澡的我一直待著的話會被以為有犯罪意圖的，快離開吧！

我趕緊用毛巾擦拭已洗乾淨的身體……水要倒哪裡才好呢？

這裡沒有排水溝吧？

「水倒在栽種的樹木那裡就可以了，樹下好像有排水溝。」

是因為我舉止不安被同情了嗎？女人如此告訴我。我道謝後，將水倒完即回到房間內。

回去時我有偷瞄，但請別苛責我，畢竟這是男人的本能。

回到房間，我換上剛才買來的棕色沉穩長袍。

內衣褲在洗澡時便換上了，就這麼穿著。現在才發現我忘記買襪子了。

不喜歡雙腳悶濕的感覺，因此我換穿了草鞋，果不其然很輕便。

由於我在工作中基本上都穿拖鞋，長期間穿著鞋子會覺得很怪。

從樓下傳來很香的味道，差不多是晚飯的時間了吧？

在吃飯前稍微去一下廁所，各個房間都沒有廁所，是共用廁所。

這裡的廁所與其說是蹲式廁所，不如說是古早味的茅坑。就連在鄉下的爺爺家我也未曾見過實物，某種意義上算是頗有奇幻感。

但完全令人開心不起來就是了。

上完了後我找了下衛生紙，當然沒有。本來以為會出現房客登記簿上使用的那種紙，期待了一下，但果然是太奢侈了嗎？

四處張望後看見手及範圍處推積著稻草。

難道要用這個？

屁股好像會被弄得不舒服，我決定把剛才買來的毛巾之一撕開來用。儘管有點浪費，現在可不是節儉的時候。

雖然受到了奇怪的文化差異的洗禮，但既然擦乾淨了，倒也不會討厭就是了。

一樓的酒館被美味的香氣及歡樂的喧騰聲所包圍。

店內有一點昏暗，不過數個燈籠從柱子和天花板上垂墜下來，映照著光輝，提昇了奇幻感，真不錯！

「啊，佐藤先生，我本來還想要不要去叫你呢！」

拿著托盤，在桌椅間看似忙碌地穿梭的瑪莎叫住我，並將我帶到其中一個空位。

「謝謝，晚飯就點妳推薦的料理。」

「今天呢，有獵人帶來了大山豬，所以我推薦豬排。雖然有點貴，但一定要吃看看唷！」

「喔！確實是絕品！老兄，這個肉不吃會後悔的喔？」

客人很多的原因，看來是被豬肉吸引了。

無須酒醉的客人推薦，我的胃就非常想吃肉排了。

「那麼，我就點那個豬排和隨意一道蔬菜料理。」

「要喝什麼？」

「茶或果汁，沒有的話牛奶也可以。」

「咦？我們只有水和酒唷！」

這樣啊，因為是酒館嘛！但如果生水搞壞肚子很討厭哪！

「那麼，我要點不烈的、容易入口的酒。」

「用水調淡的Cider好嗎？如果貴一點的也能接受，Mead或紅酒調淡很好喝。」

Cider是蘋果酒嗎？那個和紅酒一樣，一疏於管理就會變得很酸吧！

在奇幻場景中經常見到的Mead，就是蜂蜜酒。

這個說起來，我也許還沒有喝過。

「我要Mead。」

「好的好的～那麼，請稍等一下喔！儘快幫你準備～」

瑪莎華麗地迴避酒醉客人們伸向臀部的手，到廚房去傳達我點的菜。向中學生左右的少女臀部伸出鹹豬手，這裡有很多蘿莉控嗎？

在等待料理的期間，我隨意地東張西望。

穿著商人風格長袍的男人們和外表整潔的束腰上衣打扮的男人們歡愉地吃著肉、喝著像啤酒般的發泡酒，那是麥酒嗎？

我發覺酒醉客人的樣貌之中有什麼違和感。

咦？是什麼呢？乍看之下雖然是和奇幻題材電影的酒館場景沒什麼不同的感覺。

對了！是香菸！

桌上既沒有菸灰缸，也沒有任何抽菸的人。充其量，只有蒸氣在飄盪。

說起來，在買東西時也沒有見過抽香菸和菸斗的人。

在這個國家裡香菸不普遍嗎？

對討厭菸的我來說是很友善的國家，但肥仔這樣的愛菸人，肯定三天就喊受不了了。

將飄散著蒸氣、熱騰騰的豬排放在托盤上的瑪莎回來了。

「久等了～」

「看起來很好吃。」

不是客套話，真的看起來很好吃，光這一餐就等於三天份的住宿費。

主菜的盤子裡，有切成骰子狀的豬排，並添加了像是馬鈴薯泥的白塊物。

豬排肉上灑有切片的炒大蒜及看似羅勒的綠色粉末，突顯了刺激食慾的油脂香味。

在那一旁，是在深碗中裝得滿滿的像法式清湯顏色的湯。

在湯底沉澱著約一立方公分、切成四角的橙、紅、綠、黃共四種蔬菜。連顏色都如此用心，我想味道也能夠期待。

蜂蜜酒滿滿地注入在素陶器酒杯裡。

然後在那一旁有著放入兩公分厚的切片黑麵包的籃子。我終於能夠吃到奇幻作品的定番，黑麵包大人！

用視覺在享受著料理的我很有趣嗎，瑪莎以浮躍喜色的聲音告知我後便回去工作了。

「請趁熱享用～」

好了，先來喝蔬菜湯吧？

將稍嫌大支的湯匙放入深碗裡，感覺到些許抵抗力，似乎有勾芡的樣子。

我用湯匙撈起沒有煮爛的蔬菜，送到口中。

湯本身的味道，就如同外觀一般，類似法式清湯。食材煮得很透，咬下去感受不到阻力立刻碎散，蔬菜的巧妙滋味在口中擴散。

是勾芡的緣故嗎？喝下後肚子變得暖呼呼的，冬季的時候似乎會很有人氣。

再來，下一個是主菜豬排。

我用叉子叉進去送到嘴裡，之前吃過的豬肉有更刺鼻的味道，但是這個肉不同。油脂很少，有點騷味，但咀嚼後滿溢了與牛肉些微不同、帶有野趣的衝擊性味道在口中大量散開。

豬排在嘴裡消失之前，我啃了黑麵包。有一點硬，但是沒有到大家說的那種硬度。連發出嘎吱嘎吱的聲音都讓我很愉快。

雖然有一點酸味，但和肉一同吃的話，吞下去的時候，與肉的甜味混雜，發揮出令人受不了的美味，好吃程度讓人不經意就會一口接著一口。

不管哪個都很好吃。這個國家的食物好吃的很多，真令人高興。希嘉王國美食巡迴之旅這類的，也好像很令人興奮。

我吃完五百公克左右的豬排，啜了一口徹底忘掉的蜂蜜酒，是如蜂蜜般黃色的酒。

原先預想有蜂蜜一般的濃厚口感，因為調淡了嗎？十分順口容易喝，並非我以為的那種劣酒。

我仿若要舔光蜂蜜酒似的品嚐著，瑪莎隨即來了。

「哎呀，已經吃完了嗎？」

「啊，很好吃。」

「如果還吃得下，來點帶骨肉或軟骨當作下酒菜怎麼樣？」

嗯，肚子還有空間，點看看吧？

「啊啊，麻煩了，順道蜂蜜酒也再一杯。」

「好的好的～稍等一下喔！」

我目送瑪莎，邊品嚐蜂蜜酒邊四處張望，發現方才在井邊遇到的美女正無處可去，在酒館入口困擾的身影。

不知什麼時候酒館已經客滿，她似乎在尋找空位。也許是在尋找一起來的商人們也說不定。

她和我相視，嫣然一笑後遂走到我的桌旁。

「可以坐你對面嗎？」

「可以，請坐。」

拒絕美女坐對面這種事我做不出來。雖然想起了剛才在井口洗澡的事有一些尷尬，我仍舊拚命地佯裝撲克臉。

Ｖ獲得技能「面無表情」。

視野一角的紀錄上出現了那樣的訊息，我以彷彿能打破最快紀錄的手法，分配了點數。

發現她坐下的瑪莎走過來點餐，看來，好像是她在找坐位的時候，瑪莎去廚房通知我點的菜而沒有注意到她的樣子。

「這個嘛，肉類我不太喜歡。蔬菜湯和黑麵包就可以了，還有麥酒，麻煩了。」

「好的，馬上就來。」

瑪莎的豬肉推銷對似乎是素食主義者的她沒有用，便垂頭喪氣地回到廚房。

「房客明明很少，酒館卻非常擁擠呢。」

「是啊，料理那樣好吃，人多我也能理解。」

「欸嘿嘿，謝謝，等一下我會和爸爸說。」

送來美女點的蔬菜湯、黑麵包和麥酒的瑪莎，露出一副對我的讚美感到難為情的神色，我想廚師是她的父親。

「佐藤先生點的菜還要再一下子，吃點這個，稍等喔！」

中午吃過的德國泡菜般的醃漬物，「是招待的。」瑪莎這麼說著，便放在我桌上。

美女說：「我先開動了。」遂開始吃起來，她緩緩將黑麵包浸到蔬菜湯裡，從上方用湯匙澆湯。

那樣的吃法很平常嗎？

「怎麼了？」

「不好意思，很沒禮貌，因為我不知道黑麵包的吃法，不小心就……」

面無表情技能無法連視線都掩蓋掉嗎？

「沒關係，你是王都或公都出身嗎？」

「不是，我出身於遠方的國家。」

食物根據地區而不同嗎？

而且王都我還知道，公都是什麼？

「王都和公都不吃黑麵包嗎？」

「不，平民會吃黑麵包，不過王都的貴族和大商人是吃白麵包。在公都則是以叫作米的穀物作為主食，不怎麼吃麵包的樣子。」

唔～也有米食文化的都市嗎？

到時候想吃的話就去看看吧！平常大多吃垃圾食物和泡麵，沒怎麼特別想吃米。

對了，也問問關於公都的事吧？

我向把用湯泡軟的黑麵包放入口中的她，詢問了關於公都的事。

「是南方的歐尤果克公爵的都，據說是希嘉王國建國時最先有王都的都市。」

「嘿～是古都嗎？好想去一次看看。」

「對呀，在大河河畔旁，我想是很美的都市喔！」

喔，那很好。映照在運河上的星空，肯定很漂亮不會錯。

「佐藤先生，久等了。」

「喔喔，好香。」

波浪狀底紋的盤子上，排列著切成五等份的帶骨肉。

這是肋骨嗎？根據周遭客人看來，要拿起骨頭咬斷肉來吃，手和嘴巴周圍一定會被油脂弄髒，我拿出和衣服一起買下的手帕放在桌上。

畢竟在美女的面前，我儘可能注意別流下口水，咬了一口。

理應不是用壓力鍋煮出來的，骨頭和肉卻輕易地分離。從其他客人苦戰的樣子看來，也許瑪莎是選了比較好的部分給我。

用手帕擦拭手指，喝了一口蜂蜜酒，嗯，至高無上的幸福。

我看見美女的喉嚨在咕嚕抖動。

並不是我特別去注意，而是視線流轉到鎖骨的方向才看見。

難道，她不是素食主義者，而是手上沒錢所以不吃肉嗎？

「如果不討厭，要不要吃一個看看？」

我試著如此推薦，她彷彿很是喜悅地，臉上散發光輝之後，躊躇了一會兒，最後，食慾戰勝了羞恥心，「那麼，恭敬不如從命。」小聲地說著，抓起一小塊。

明明是艷麗可人的大姊，一開始吃起帶骨肉，就默不作聲地狂啃，有合她的胃口真是太好了。

吃完後舔掉手指油脂的動作很誘人。

由於她看起來沒有帶手帕，我把桌上的手帕靜悄悄地推給了她。她道了謝拿起來，擦拭手指。

看起來還吃不夠的樣子，我又把肉讓給她吃並一邊快樂地談天。

她出身於這個聖留市，和商人結了婚，直至最近都在王都居住，老公去世後，便從王都回到了故鄉。

一起來投宿的商人們是老公的熟人，讓她和往聖留市的商隊一起同行。我們說了諸如這類的話題。

我向瑪莎追加了小菜和酒，愉快地聽著她說王都的事。

好了，怎麼辦。

觥籌交錯下，我聽著王都和從王都來到聖留市途中的閒話，卻誤算了兩件事情。

高等級的我，身體似乎酒量很好，縱然多少有微醺感，卻輕而易舉地醒酒了。

技能欄上也不知何時增加了叫作「酒精抗性」的技能。因為喝的是調淡的蜂蜜酒吧，我並沒有獲得飲酒系的稱號。

另一個誤算，是一起陪同喝酒的美女，在桌上醉得不省人事了。

若在大學的聯歡會上，這是歡天喜地把她帶回家的時候，不過對丈夫死了沒多久的女性乘虛而入這種事，我可敬謝不敏。

我在瑪莎有空的時候，央求瑪莎帶路到女性的房間把她搬到床上。若用公主抱的方式，沒辦法走上狹窄的階梯，因此我背起她。

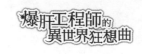

「佐藤先生是紳士呢。」

「不至於啦。」

我對敬佩我的瑪莎道了晚安便回到房間。

背上的感觸十分幸福。

將脫掉的長袍收進儲倉後我便飛撲向床鋪。

呼，這間旅館就對了哪！飯好吃，床乾淨，工作人員可愛，隔壁房還是美人，服務好到不像是在作夢。

雖然因為床鋪意想不到的舒適感而令我昏昏欲睡，但剛才與美女的對話太開心了，睡不太著。在睡意來臨前，我不知不覺回想了在這場夢中所發生的事。

——用流星雨擊敗蜥蜴人和龍的事。

雖然未曾見到龍，但蜥蜴人可有連全美國都會哭泣的高度真實感，甚至蜥蜴人語都出現了，我的夢真是精緻。

——軍隊和飛龍的戰鬥。

潔娜她們與飛龍的戰鬥，也激烈得彷彿能夠被使用在奇幻ＲＰＧ的宣傳影片上。

逃逸的飛龍現在也在悠妮的肚子裡吧。

——聖留市的街景與人群。

自從到達聖留市以來，我便訝異於街景的真實度及街上行人們服裝的多樣化。

不管怎麼說，衣服種類依據貧富差距和職業別而有不同、補丁與鞋子髒汙等等細節，都讓我無法認為是夢，多采多姿。真希望肥仔也那樣卯足幹勁地製作設定資料。

——然後是剛才的晚飯。

第一次喝的蜂蜜酒也很好喝，豬肉異常地美味。和初次吃的黑麵包搭配的組合是最強的，也不言過其實。那樣的肉我連在日本也沒有吃過。

在我的夢裡，要做也是做得到的不是嗎？

未知的景色和語言，而且連未知的味道都合起來簡直是——嗯？

……雖然隱約注意到了，果然，這說是夢太奇怪了。

最初感到違和感是從哪裡開始的呢？

街景的真實度也是如此，相遇的人的容貌與思考模式，和我所知的故事與遊戲一致的部分很少。

而且也沒有聽過潔娜的爵士階級，和子爵似乎不同。由不明白的知識所建立的事太多了。

古鱗族語和希嘉國語更是其中之最。

即使是曾罹患中二病的我，也不曾創造語言。頂多是將地球有的語言東拼西湊後的產物。

再加上剛才的餐點。

中午的鹹派是有吃過的東西，味道也在想像中的範疇，不過蜂蜜酒的味道我並不曉得，如果我能憑藉想像合成那般豬肉鮮嫩強烈的美味，就這樣一直成為夢的居民也不錯。

首先，為什麼會變成這種情況，情報太少而湊不出答案，所以保留。也不能完全丟掉是夢的可能性，總而言之，當作是如同遊戲一般的異世界就可以了吧？

現下的行動方針，我想就以邊享受這個世界邊尋找回去的手段來進行。

主要是觀光，探索回去的方法是附帶的。

當然，不可能不想回到日常生活，但這是難得的非日常生活。我想玩得開開心心，作為遊戲開發者的精神食糧。

工作方面，ＦＦＬ完成交件了，ＷＷ也只剩下數值調整。由於文件也完美地留存著，肥仔肯定能想辦法幫我。

無故缺席也許會被革職，但幸好離職的前輩們欠了我許多人情，我對於下個就職的地方也不用煩惱了。

私人方面，被女朋友甩了很久，鄉下的父母親很健康，與姊姊夫婦倆感情融洽地同住。由於是個散漫的家庭，即使聽見我失蹤了，也不會那樣痛苦難熬。

可能會被妹妹責備，但她是我上東京時因可以獨占我的房間高興得不得了的薄情傢伙，回去以後聊聊土產的話題，心情就會恢復了吧。

如果萬一回不去原來的世界，在一般生活上似乎沒有什麼困擾的事，會威脅生命的存在應該也只有魔王及神明那種等級。

只要老老實實活著，對方也不至於鬧到來找我麻煩，就愉快地觀光一下吧！

疏忽大意樹立了敵人的流星雨連發絕招，彷彿是為我開啟了成為大魔王之路，十分恐怖。但比起那個，倒不如說我多想逃離大量虐殺這種事。

終究還是和平最好。

約會

「我是佐藤，一直以來雖然會有年齡比我小的女孩親近我，卻總是停留在朋友階段，從未發展成戀人。不知為何，我中意的對象必定年齡比我大。」

我被毫不客氣的敲門聲給吵醒。
「佐藤先生，起來了嗎？」
「啊，現在起床了。」
從緊閉的窗戶間隙流洩出了早晨日光。房間儘管有窗戶，但由於是只有臉能探出的狹小程度，連玻璃也沒有鑲嵌。我想起來了，不知是不是換氣用的，瑪莎叮嚀我睡覺的時候為了安全得要關上。
我簡單地檢查儀容，走向門口。
明明經過了一個晚上，卻沒有長鬍子。
說起來十五歲左右的我並沒有長鬍子，記得大學入學後開始長鬍子的時候，我歡天喜地到處炫耀。

然而卻立刻被當時的女朋友給剃掉了。

頭髮也沒有睡翹，我便穿上昨天買的白色刺繡長袍，走出房間。

「早。」

「快點，女朋友來接你了喔！」

啊？我因為工作忙碌，被女朋友甩了有半年了說。

目前為止，我在這個都市的熟人只有十根手指能數得出來的數量。和瑪莎一同下樓後，看見魔法兵潔娜正在等待我。

「早安！佐藤先生。」

「早安，今天的衣服很可愛呢。」

今天潔娜沒有值勤嗎？並沒有穿上士兵的衣服。

白色上衣搭配水藍色裙子，肩上披著稍大的粉黃色披肩。雖然感覺有一點鄉土味，但她天生麗質，所以給人清純的印象。

美少女好處多多呢！

記得她應該是扭傷了，可以四處跑嗎？

「扭傷的腳怎麼樣了？」

「是，昨天被加爾雷恩神殿的神官大人治好了。」

喔唔好神奇——！是神官幫忙治療的嗎？究竟神聖魔法是什麼呢，好想看一次。

「今、今天沒有值勤，我想帶佐藤先生，不是，是協助佐藤先生參觀市內。」

不需要那樣用力說話也沒關係，她的眼珠正在打轉。

是因為我覺得像小動物的舉止很有趣的關係嗎？她的臉上壟罩著不安。

唉唷，糟糕。

「謝謝，請務必帶我參觀。」

「好的！」

我一拜託她，潔娜便以花朵綻放般的笑靨強而有力地回應我。

嗯，年輕真是耀眼啊！

我僅洗了把臉，遂和潔娜出門。

早餐要在東方大道的早市上擺攤的路邊攤吃。她分明應該是貴族的大小姐，卻不排斥那裡的樣子。

乘著風，熬煮的「醬油」味誘惑著我的鼻子。

「這個味道是醬油嗎？」

「是的，是王祖大和大人所製作的兩大調味料之一。也有出口到各個國家，佐藤先生的故鄉沒有嗎？」

「不，因為很久沒聞到了。」

「啊，是這樣的呀！」

不出所料，大和就是寫作「大和」的樣子，還有一個調味料是什麼？果然是味噌嗎？

潔娜走向招著手的攤位。

攤位正用油炸著什麼，是可樂餅嗎？

「大叔，請給我兩個聖留炸餅。」

「好，很快就炸好，等一下啊。」

以動物脂肪製成的油來炸的嗎？味道很衝。

「今天莉莉歐沒有跟妳一起嗎？」

「因為莉莉歐昨天剛遠征回來，還在房間睡覺。」

潔娜拿了被某種葉子捲起來的可樂餅，將一個遞給了我。因為一個要一枚銅幣，我在潔娜的手抽不出空的時候，付錢給可樂餅店的大叔。

「哎呀，我本來想作為昨天的謝禮請你吃。」

「不用不用，妳們送我到聖留市，還幫助我進到市內，那樣就很夠了。」

我決定在離攤位很近的石頭長板凳上吃。

石頭長板凳上沾了一些泥土，所以我從背包中拿出毛巾鋪在潔娜和我坐的地方之後才坐下。

「欸嘿嘿，有公主的感覺。」

她彷彿羞澀又開心地，將兩手拿著的可樂餅鳥啄似的小口咬下。

我一邊欣賞她的樣子，也咬下了可樂餅。

沒有肉的馬鈴薯可樂餅格外美味，不過油不好的關係嗎？有一點膩。要是吃兩個以上，胃絕對會很難受。

「這個聖留炸餅，是莉莉歐的男朋友推廣的料理唷！」

「嘿～他是廚師嗎？」

「不是，他不會做料理，卻知道各種各樣料理的做法，是個奇怪的人。」

呼，妄下結論是很危險，但該不會是日本人？

說過的大和也好，好像除了我以外也有來到這個世界的日本人存在。搞不好，只要走進衣櫃裡就能通過之類的，可以簡單地來來去去呢！（註：暗喻納尼亞傳奇）

有個拿著裝花的手提小竹籃的小女孩，靠近了先吃完而無所事事的我。

「大爺，請買花吧！」

幼小女孩在遞出小花朵的姿勢下停格了。

從剛才開始便悄悄看著這裡，所以抓準了吃完的時機吧？年紀幼小卻很深思熟慮。

「好啊，多少錢？」

「一束劣幣一枚。」

我用劣幣買了花。

幼小女孩彷彿很喜悅地道謝，跑向下一個候補客人。

我把花直接送給潔娜，當然，等到她吃完可樂餅並擦手之後。

潔娜露出很意外的表情。

呃，沒有這之外的選項了吧？

「那個，我可以收下嗎？」

「可以，不收下的話我會困擾。」

畢竟也不可能丟掉嘛！

潔娜浮現出像是要回味喜悅般幸福的笑容。

咦？是那麼高興的東西嗎？罷了，看在她開心的份上就好了。

為了換換口味，我吃了正在販賣的瓜類水果，它被切成方便吃的尺寸，並且挑戰了淋上醬油的烤根莖類食物。雖然感覺微妙，卻和外表相反，十分好吃。

但是，接下來潔娜介紹給我的攤位，有怪異的氛圍。

「這個叫作炸龍翅，是把蝙蝠的翅膀炸了以後再塗上黑味噌的食物。是聖留市自古以來就有的名產喔！」

是比擬蝙蝠的翅膀為龍的翅膀吧？看來是有一番由來的食物。

我相信潔娜所說的，比外觀看起來更好吃，因此決定買下兩支。

「對不起，大姊姊。」

在支付兩人份金額時，聽見了在後方潔娜的短暫悲鳴聲，似乎是小孩子撞上了她。

那倒是還好，不過潔娜的白上衣徹底沾上了味噌，毀於一旦。「跟媽媽借的上衣……」

她囁嚅著，淚水在眼眶打轉。

要是去昨天的鐵普塔大道的店，能弄得掉汙垢嗎？

「那個——你們看起來很困擾吧？有沒有需要咒術士幫忙的地方？」

「不好意思，我們需要的是能幫忙清掉染色的洗衣店。」

這種時候還提咒術士，希望妳看看場合啊！

「不，我會使用生活魔法，所以能把汙垢弄乾淨。」

什麼，是那樣的職業嗎。

登場的時機那麼湊巧，不免令人擔心，但更優先的是弄掉衣服的髒汙。

「那麼，拜託了。」

「好的，洗淨魔法和烘乾魔法的組合要三枚大銅幣。」

殺價也很麻煩，我遂依照她所說的支付了三枚大銅幣讓她施展魔法。

「那麼，首先將汙垢去掉。■■■　■■■■■　柔洗淨。」

被施展生活魔法的潔娜，變得全身濕透。

上衣很透明，看得到替代胸罩的背心，我將從背包中拿出的大毛巾披在她的肩上，周遭的傢伙們傳來失望的聲響，我加以無視。

直至剛才還徹底沾附上衣的味噌髒汙，被徹底去掉了。

不愧是魔法。

「接下來要烘乾。■■■　■■■■■　烘乾。」

彷彿被烘乾機烘過，潔娜的上衣乾了。

我確認衣服不透了之後，便將毛巾從肩上拿開。當時我的手也進入了烘乾魔法範圍的關係，有被像是吹風機吹著的感觸。

∨獲得技能「生活魔法」。

喔喔！只要這樣就能獲得？

真簡單的魔法技能。或許是遊戲裡無法詠唱，以此取得平衡也說不定。

咒術士女孩完成魔法施展後，遂消失在人潮之中。

對了，難得有會使用魔法的人在，請教一下吧！

既然能使用生活魔法，就替代得了洗衣機和吹風機，或許也有替代淋浴的魔法也說不定。

「潔娜，魔法咒語要怎麼詠唱呢？」

「咒語嗎？」

「是的，怎麼發音的呢？我覺得很不可思議。」

「也是呢——風魔法大致上是從『■■■■』起頭的，硬要轉換成語言的話，是『溜——哩呀（略）啦——嚕咧哩啦——歐』。不過，對第一次的人來說剛開始是詠唱不來的，但至少大部分的人都做得到背誦。」

潔娜低著頭，露出一副「該怎麼說明才好呢」的思考表情。

「……節奏。嗯，把剛才慢慢唸出來的咒語，邊打拍子邊唱成歌曲。然後保持一定節奏的狀態下，逐漸加快節拍，就會變成『■■■■』！應該是的！」

我嘗試性地稍稍練習了一下潔娜最開頭教的片語，不過並沒有因為練習而變得能夠詠唱。

「真的是很難呢。」

「那是當然的，詠唱一般是要練習好幾年。」

「潔娜在能使用風魔法之前，修練了幾年呢？」

「正式的修練期間大約三年，但是現在想想，總覺得日常生活的各種習慣都是為了成為魔法師所做的準備呢～」

是做了什麼樣的事情啊？與其說潔娜的笑臉上有一絲陰霾，不如說是摻雜著苦澀。

「從朗讀魔法史歷史的兒童繪本開始，配合音樂吟誦、口齒練習、腹式呼吸、能感受魔法流動的玩具，從學習到玩樂全部，都是為了成長為魔法師而編列的練習。」

原來如此，英才教育嗎？日本也有因從小開始學習而不能和朋友玩樂的孩子。

或許有一點離題了。

「以那種方式教育妳的父母親並沒有什麼其他的意圖喔？畢竟能使用魔法是很快樂的，妳也抱持總有一天要在天空飛行的目標吧。」

我感受到潔娜鬱悶的氣氛，慌張地跟著應和。

「佐藤先生，佐藤先生是為什麼想要練習魔法呢？是因為對生意有幫助嗎？」

「不是，因為旅館沒有浴池，我想如果有生活魔法，不用在屋外洗澡就能解決了吧！」

為了緩和氣氛，我儘可能說了令人覺得愚蠢的話。

看來成為丑角有了價值，潔娜以水汪汪的眼睛看向我後，噴笑了。

「啊哈哈哈哈！因、因為那種理由而以魔法師為目標的人，我第一次看到！」

那麼有趣嗎？

潔娜是被戳到笑點嗎，笑得停不下來的樣子。

「有那麼奇怪嗎？」

我覺得是格外正經的理由啊？因為是把不方便的事情變得方便啊？

「很奇怪！」

她立刻回答。

「因為，有學習生活魔法的勞力與資金的話，在家裡建一座浴池不是比較快嗎？而且燒熱水的勞力，只要僱用助手或購買奴隸就沒有問題了。」

是那樣嗎——？

可以做到的事情就自己來！我是這麼想，不過在這裡，僱用勞動力也在容許範圍內嗎。人事費似乎也很便宜。

但是，好不容易學了那麼多，找找入門書從口齒練習開始看看吧！

還有，在對話間，我獲得了「低調」技能與「小丑」、「紳士」的稱號。

剛才沒有閒暇去注意記錄畫面呢！

微妙的氛圍也散去了，我們繼續邊吃邊逛。

下一個目標，是飄散甘甜香氣的甜食區。

「這個叫作炸甘薯，把蒸熟的甘薯過濾後製成的餡，揉進小麥麵團裡炸。」

用長得像地瓜的薯類揉合製成的甜麵包嗎？奇妙地有和式風味。

我邊啃著炸甘薯，邊喝像是清淡薑湯的暖和飲料。

「這家店是莉莉歐先前告訴我的。」

她邊說邊介紹給我的，是昨天和瑪莎一起吃過糖漿的露天攤販，店主大叔穿著和那個叫賣男子同樣的圍裙。

總之，我將兩枚銅幣遞給大叔買了兩人份，他拿出兩根棒子，放入茶色的液體中轉呀轉地拿了出來。

難得她帶我來，說出昨天吃過了會對她很抱歉，裝作很久以前吃過吧！

「糖漿嗎？好懷念呢！」

「你知道嗎？」

她看起來感到有點遺憾，給她驚訝的反應比較好嗎——兀自反省。

「我所知的糖漿是無色透明的東西，所以起初我並不知道是什麼。」

「貴族大人，無色透明的是使用米和砂糖的高級品，這個是給庶民吃的，使用甘薯、加波瓜和麥芽製成，所以才會是茶色。」

大叔以超絕反應插話進來。

誰是貴族？看起來又不像是對潔娜說的。

「大叔，我是平民喔！以前一個熟人給我的就是透明的，我並不知道是高級品。」

因為在廟會才兩百日圓而已。

那之後，我們逛了許許多多攤販，享受人群的熱鬧。

今天也買了蜂蜜餡的烘焙點心作為慰勞門前旅館的女孩子們的土產，她們一定會很高興。

充分吃飽喝足了，我們這次逛了雜貨類的露天攤販。

我對賣著可愛貝殼與素燒陶瓶的店家產生了興趣，不知為何，貝殼的市場行情價很高。問了問店主婆婆，說這個貝殼是藥的容器。

「小少爺，這個軟膏很有效喔！」

「有什麼樣的效用呢？」

「割傷、皸裂等等都有效。如果賜給傭人，他們會像拉車的馬匹一樣地奮力工作唷！」

滿是皺紋的老店主的手，確實比門前旅館的老闆娘的裂痕還少。

既然都吃了老闆娘美味的料理，就當作土產買給她吧！雖說貴，也才幾枚銅幣。

「那麼，我要買五個。」

「這樣的話，本來是銅幣十五枚，算你十二枚。」

喂喂，那比市場行情還便宜吧！

我打算就那樣買下，從口袋中正要取錢時，潔娜纖細的手制止了我。

「婆婆，有一點貴。之前來的時候一個兩枚銅幣不是嗎？我們買了五個所以請算我們九枚。」

喔喔，潔娜笑著開始了無理的殺價。

「因為有男伴所以我剛才沒注意到，妳是和莉莉歐一起的孩子吧？少於十枚銅幣沒有辦法喔！」

「那麼，請附贈這邊小的三個。」

判斷降不了價格的潔娜，指著我要買的軟膏旁邊的小貝殼，要求當作贈品。以體積看來，小的三個約有大的一個的容量。

「真是的，要模仿莉莉歐的話，婚期會愈來愈遠的喔！贈送小的一個，沒辦法更多了。」

「好，那就可以了。」

提到婚期時，潔娜的臉頰微微抽動了一下，但依舊保持和藹可親的表情完成了殺價。因為還只有十七歲，我覺得去在意婚期有點太早了。

婆婆以熟練的手法用葉子將貝殼包住，並以某種細細的植物藤蔓所製成的繩子綁結固定。

要是維持未包裝狀態，在帶回去前就會弄髒背包裡面。

我向幫我殺價的潔娜道謝，送給她一個軟膏貝殼。

原本就是預定要送給她的。

由於來到了露天攤販的最末端，這回讓她帶我參觀別的地方。

「這樣的地方真的可以嗎？」

「是的，風很舒服。」

「呵呵，也是呢！」

潔娜一邊竊笑一邊眺望眼底下的景色。

這裡是，市牆的其中一座塔。由於從露天攤販道路的末端看來位置頗近，便讓她帶我來了。畢竟是軍事設施，魔法兵潔娜要是不一起的話無法參觀。

潔娜似乎特別有名，明明穿著便服，仍安然被放行了。

「可是，雖然是我拜託的，讓外人進入軍事設施可以嗎？」

「是的，因為會來攻擊像聖留市這般鄉下都市的頂多只有飛龍，鄰近的小國近數百年不曾攻打過來。和亞人之間的戰爭，也是過去十年以上的事了。」

嗯——在聖留市的亞人奴隸，是那個時候俘虜的嗎？

「潔娜，那個風車是什麼設施呢？」

「那個嗎？是磨麵粉用的。飛龍襲擊過來的話，能馬上變成砲台。」

砲台？街上耶？

「從那種地方射擊大砲，民宅不會受到波及嗎？」

「雖然也有砲彈，但襲擊飛龍的是網子或空包彈。」

「原來如此，是用來驅趕的設施嗎？」

「是的，會逼到另一邊的莊園後再殲滅。」

話是這麼說，但田園好像會荒蕪耶？

是因為看得出我相當有興趣嗎？她決定要帶我去參觀風車和莊園。

本來就想稍後再拜託她的，真是幸運。

在前往附近風車的途中，她說有巴里恩神殿，因此去參觀了一下。昨天發表可疑演說的是札伊庫恩神殿嗎？潔娜說幫她治療的是加爾雷恩神殿。神明名字最後都有恩字嗎？

「啊，看得到了唷！」

在離露天攤位的幾條路之外發現了巴里恩神殿。

占地相當大，有九百坪吧？大約是三十間民宅大小的用地。

外側的圍牆直接變成了建築物的外牆，一進入石拱門入口，即瞧見停車空地以及被固定為敞開狀態的入口。

停車空地停著看似很貴的馬車，雖然是個人偏見，但有富豪神職者的感覺。

我被潔娜拉著手進入殿內。

建築物裡頭是一間深達十公尺、天花板高聳的房間。在房間後方放置著垂簾布幕與彷彿是聖徽的象徵圖案，幾位神官和帶著孩子的商人般的人，正在進行洗禮儀式。

天花板上沒有彩色玻璃，卻有採光的窗。牆壁上半部畫著握有劍的騎士與長角的惡魔在戰鬥的壁畫。構圖很微妙，卻是幅特別有魄力的畫。

「那是魔王與初代勇者大人戰鬥的樣子。」

「嘿，我以為肯定是騎士呢。」

「散發那藍色光芒的是聖劍，如果是騎士大人的圖，就算拿著魔法劍，也會被畫成紅光的劍，所以很容易作區分唷！」

話又說回來，我拿的聖劍最初也是發出藍光吧？但是，那也只是最初，途中就開始不發光了。

「勇者以外的人來拿聖劍也不會發出藍光嗎？」

「如果被聖劍認同，應該會發出藍色的光輝，王祖大和大人所留下來的聖劍朱路拉霍恩和護國聖劍光之劍，也曾在後世被沒有勇者稱號的人配戴。」

嗯——「如果被聖劍認同」嗎？

因為我對勇氣沒有自信，並不認為會被認同。但是，光之劍很有名所以我知道，朱路拉霍恩就不曾聽過了哪！

說起來我也得到很多稱號了吧？畢竟都打倒龍了，拿到勇者的稱號了沒有？

我這麼想著，調查了一下稱號欄，發現意料之外的稱號。

——「弒神者」？

我慌慌張張地再次確認紀錄，幸好，紀錄尚未被洗掉。

在流星雨擊倒敵人的通知的間隙中，「獲得稱號——」的訊息也同時混雜在裡面。

稱號連續著「弒蜥蜴人者」、「弒龍者〔下級〕」、「弒龍者〔成龍〕」、「弒龍者〔古龍〕」、「弒龍者〔天龍〕」等等，稱號並非只有「弒——」，也有「——之災」、「——的天敵」這類的。

於是，在這些最後——

＞打倒了龍神阿空加古拉！
＞獲得稱號「弒神者」。

——出現了。

你相信神嗎？

是這樣啊，流星雨也會殺神啊？是這樣，會殺啊……

雖然焦急地發出了三連擊，但要是一發就停止了的話，便會被生氣的神明逆襲也說不定嘍？就當作是轉禍為福吧！

當我對於那樣的事實感到愕然而沉默之時，有著悅耳聲音的少女由後方插話進來。

「並不是能使用聖劍就好，可以和魔王戰鬥的，只有能回應幼小女神巴里恩大人召喚的勇者而已。在揮舞著被神明授予的聖劍的勇者大人面前，即使是魔王也只能俯首稱臣。」

一轉過頭，穿著以朱紅色作為基調的洋式神官服的少女站在那裡。

是眼瞳的色素很淡的關係嗎，總覺得連存在感都很薄弱。她與其他的神官穿不同的服裝，是很偉大的人嗎？

在她的臉旁，資訊以ＡＲ顯示的方式羅列著。

嗯，真方便。

「巫女歐奈大人。」

「好久不見，馬利安泰魯家的潔娜，令弟還好嗎？」

「是，因為明年要繼承家業，所以正拚命地學習。」

「這樣子啊，有什麼困擾的事情的話，不要客氣，過來找我吧。」

「好的，謝謝。」

和巫女交談的潔娜回頭，將她介紹給我。

「歐奈大人是伯爵大人的千金，因為我母親是奶媽的關係，她很照顧我弟弟。」

原來如此，千金小姐對潔娜的弟弟有好感吧？僅僅為了詢問近況，便特意過來搭話。

「初次見面，我是旅行商人，名叫佐藤。」

「我是侍奉巴里恩神的巫女歐奈，請忘記潔娜所說的家世，因為對巫女來說世俗的階級是無意義的。」

就像和尚出家一樣嗎？

她比潔娜年紀還小，卻因為性格穩重，有著愛護女兒的母親般的氛圍。

「不過，我安心了，就算是只對魔法修練有興趣的潔娜，也終於有春天來訪了。」

「不，不是，不是的——佐藤先生是……那個，認識不久，那個。」

潔娜對戀愛的事很不習慣嗎？她對巫女的話動搖了，開始慌亂不已地尋找理由。

我是有好感，卻還不到戀愛的感情，不過，我不想要被否定，如此思春期般的感情似乎會變成燙手山芋的樣子。

不對，與其說我是天真爛漫，不如說是想回憶學生時代呢！

本想與巫女再聊一陣子，由於入口發生了騷動，遂無可奈何地中斷了。

「神官大人，波利爾老爺性命垂危，請當作是積個功德，前去看診吧！」

「波利爾大人嗎？我們這樣的一般神官，無法抑制住大人的病。」

「那麼，請巫女大人！」

「波利爾大人的屋宅在西街不是嗎！把被授予神諭的巫女大人帶到那種妓院林立的場所，是不可能的！」

「通融一下吧！」

神官與闖進來的男性正在起爭執。

「潔娜，因為有重症病患的樣子，我就告辭了。」

巫女那樣說道，遂走向神官與男性的方向。

「我去，請準備馬車。」

憤慨的神官與巫女的悄聲對話傳了過來，偷聽雖然不禮貌，但是我忘了將順風耳技能關閉，便聽了進去。

「歐奈大人，您不去伯爵大人那裡傳達剛才的神諭可以嗎？」

「那個的話，就交給神官長負責。」

「可是，神諭中的『札伊庫恩神殿有災難』就代表前往有他們神殿的西街很危險不是嗎？」

「波利爾大人的宅邸離神殿很遠，沒問題。」

札伊庫恩神殿嗎？確實是在東街發表街頭演說的胖子神官長那邊沒錯。

為了聚集信徒而要進行些什麼吧？

不過，即使發生了暴動，只要不接近就好了。只有潔娜一個人的話，把她抱到屋頂上避難就可以了。

我和潔娜走出神殿回到街道散步。

和樸素可愛的女孩在猶如歐洲鄉鎮的街道上散步，真的是很開心的一件事。

在這個都市中，一定間隔會配置公園、廣場與公用水井。

我們一邊走在通往其中一座公園的道路上，一邊遙望公園用地。

草皮修剪得短短的廣場，有帶著幼兒的老夫婦正在長椅上休憩。大約十名年輕人正在練習武術。公園的草地看似草皮卻似乎雜草叢生。

潔娜好像發現了什麼東西，跑向生長在公園的大樹下。

「怎麼了？」

「佐藤先生，我發現了這個。」

她以雙手手掌捧起的東西，是雛鳥。

在枝椏間流洩而下的光線中捧著雛鳥的美少女，簡直如畫一般讓人想用手機拍照上傳。

「樹上似乎有鳥巢。」

嗯——到樹枝那邊要兩公尺半嗎？不是不能跳上去，但有一點太超出人的能力範圍了。

如果抓住樹枝用懸吊的方式把身體甩上去辦得到嗎？

「那個，佐藤先生，能麻煩你嗎？」

由於潔娜怯生生地向我拜託，我很快便答應。

本來，我就有那個打算。

我接過雛鳥，首先抓住了樹枝，照那個狀態用單手懸吊把身體甩上去，讓雙腳搭在樹枝上，遂讓身體到了樹枝上面。因為必須要小心不傷到雛鳥，費了番功夫。

雛鳥的巢雖然是在往上兩根長著枝葉的樹枝上，但我並沒有花多大力氣就放了回去。歸還雛鳥的時候被成鳥給威嚇了，所以忍不住擔心那些努力張開鳥嘴、要求餌食的雛鳥們。

回去的時候由於能使用兩手，便輕而易舉地移動，由最後一根樹枝下來的時候，並沒有忘記先懸掛在樹枝後再下來。

因為要是就那樣跳下來，會讓潔娜擔心。

「佐藤先生真的很靈活呢！」

「不，沒有那樣的事。」

我一邊婉謝潔娜的讚美，回到閒聊話題。閒聊中我才知道剛才的「麻煩你」是潔娜為了爬上樹木而希望我幫忙舉起她。

還好我誤會了。淑女穿裙子爬樹是ＮＧ的唷！潔娜。

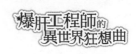

我一邊眺望年輕人們的訓練風景，一邊丟話題過去。

「潔娜，軍隊的訓練要做什麼樣的事情呢？」

「是呢——士兵的訓練哪裡都一樣，但是魔法兵會以不讓魔力枯竭為重點來培訓。過半數的魔法兵，都維持著可以全力使用魔法的狀態。」

分開訓練嗎。

確實魔力枯竭的魔法師沒有用處呢。

「魔法兵和魔法師依據屬性所被分配到的角色也不同，雖然對非軍人的人說會被覺得很驚奇，但火以外的屬性不太能使用直接攻擊魔法。」

確實猶如火刑拷問之類，火具備攻擊性。

「我的風有抵擋箭矢的風防禦及抵擋攻城槌的氣壁，其他還有傳遞指令用的風之耳語等等，被視為重要戰力。使用飛行在上空偵查也很有用處，但是在伯爵領地中還沒有能施展飛行的人。」

說起來潔娜的目標是用飛行魔法來飛吧？

「如果變得能飛了，那個時候真想試看看空中約會呢！」

儘管我是開玩笑地講，潔娜的脖子卻都變紅了，並一邊咬唇邊一對我說：「敬……敬請

期待！」

是很可愛，但我擔心她往後好像會被壞男人欺騙。

在離開公園不遠處發現了風車的高塔。

高塔雖然不能上去，但仍舊讓我參觀了一樓的磨麵粉工廠。

金屬強化後的粗柱豪放地叩隆叩隆地旋轉著的樣子，真讓我熱血沸騰。

但，這是普通的風車哪！如果是奇幻故事，我真希望會有精靈邊跳舞邊磨粉呢！

想到了一些疑問，我便問問潔娜。

「你們不用魔法來磨麵粉嗎？」

「是做得到，但是用風車比較輕鬆唷！」

你在說什麼啊？我被回以彷彿說著這句話的表情。說得也是呢——

下一個目的地的莊園，走過去稍嫌遙遠，因此我們在中央大道招了輛街頭載客的馬車。市內的話無關距離，大銅幣一枚就可以搭乘。

街頭載客馬車沒有屋頂，腰的位置大約是行人肩膀的高度，作為觀光用途非常適合。

馬車以人們小跑步的速度慢吞吞地前往市內。

和美少女一同在滿溢異國氛圍的街上兜風，心情真是愉悅。如果這個人是艷麗的巨乳美女的話就太棒了，但這是極其過分的奢求。

馬車離開主要街道，往北邊的工匠街前進。

一進入工匠街，有著不是蓋的肌肉質感、頑強印象的人們逐漸增加了。

穿越工坊與工廠的建築物之間，再通過木材放置場後，即出來到了內牆的前面。往西邊前進一陣子，有一條西邊的外牆和內牆之間形成的狹窄小徑，那前方似乎就是領主的莊園。

「通過這裡，離莊園就不遠了唷！」

「兩邊的牆壁聳立著，抬頭看真是有氣魄呢！」

「是呀！很牢靠對吧！」

潔娜雙手緊握，逼近過來。

猶如瞄準了那個時機，馬車晃動了，恐怕是壓到小石頭了吧？

「呀！」

我接住了失去了平衡，往我的胸口撲通地飛撲而來的潔娜。

和之前穿著鎧甲的時候相比，柔軟度不一樣。儘管胸部很可憐地一片平坦，女性的柔軟度仍然健在。

若可以，想等成長個五年後再抱呢。

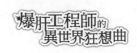

「沒事吧？」

「是，是的！不好意思，馬上就起身。」

潔娜手忙腳亂地起來，不那樣過意不去也行。

剎那間，我發覺車夫微微笑了。難道是故意的嗎！真是為情侶著想的好車夫。

前進了一會兒，遂看見敞開的大門，以及門口的衛兵。車夫向士兵輕略點頭示意，便穿越大門進入了莊園。

對於供應都市食材來說感覺太過狹小，但作為領主專用的田地來說又感覺太寬廣了。

馬車緩緩在田間小徑前進。

我將視線落向進行農作的人們，看起來彷彿在收割什麼，我用遠觀技能遙遙望去，才明白是在收割昨天看過的加波瓜。

在市場雖然也見過，但是幫忙的小學生左右的孩子特別地多。

「那些孩子，我想大概是育幼院的孩子們。因為現在是收割期，街上的孩子們也可能需要來工作。」

「那些孩子們收割的加波瓜，很好吃嗎？」

「不好吃。軍中的伙食上雖然偶爾也會出現，但氣味難聞、苦味和澀味很重，所以非常不受好評。」

潔娜露出極為討厭的表情。

有那麼討厭嗎？

「但是，明明那麼不好吃，為什麼還要種那麼多呢？」

我邊將目光置於那片加波瓜田，邊以單純的問題反駁潔娜。

分明種植普通的薯類就好了，是因為營養豐富或卡路里高嗎？

「行政官員有說過，全年的收穫量是不固定的。每塊田地的收穫量也不多，為了要每個月能夠收成，幾乎不會停耕。況且它有肥沃休耕地的特性，託加波瓜的福，飢餓的人口銳減。」

多麼方便神奇的蔬菜。以投機主義來說有很大的價值。

大概是要向我誇讚這位告訴她的行政官員吧！真是詳盡的解說呢，潔娜。

「不過因為只能在有圍牆包圍的莊園中種植，鄉下的糧食狀況倒是很嚴峻的樣子。」

莊園這裡的外牆比大街上還更加低矮，大概有兩公尺半吧？

不在圍牆裡面就不行，是為什麼呢？是外面種植困難嗎？禁不起有害的獸類嗎？領主獨占了嗎？微妙的謎題。

「有什麼理由嗎？」

「因為是哥布林最喜歡的東西。如果不種在有圍牆包圍的地方，哥布林靠過來的瞬間就會被吃得亂七八糟。所以，輸出到市外也是辦不到。」

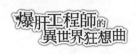

喔喔，也有哥布林啊！

可以的話，希望絕對要從安全的地方看過一次。

「似乎也有隨意帶出去的人呢。」

「如果被發現，會被貶成奴隸的唷！」

看來也有一旦變得飢餓，不惜被貶成奴隸也行的偷竊者。

「那是抗龍塔。」

潔娜所指向的是莊園之中所建造的十二座大塔其中之一。但猶如街上的高塔那樣附有風車的，在能見範圍中只有兩座而已。

「比市內的塔還更有重量感。」

「是的，因為這裡在飛龍與龍襲擊時，設置了擊退用的大型魔力砲，是非常堅固的塔。」

很遺憾地，由於抗龍塔的頂端有大炮，非軍人是不可以進入的。

剛才也想到一個問題，要在這種地方使用的話，不如在都市外面戰鬥就好了，難得的田地荒蕪的話，收成也會減少吧！

我這麼想著，向潔娜投出疑問。

「那是因為這裡原本就是用來殲滅飛龍所準備的平地。」

飛龍襲擊本身已經不太發生了，拿來遊玩又很浪費，當時的伯爵便決定作為莊園兼牧場來活用。

原來如此，是順序顛倒了啊！

馬車在宛如要綁縛住塔般建成的道路上前進，我發現了一座焦黑、連內部都毀壞的塔。附近有一個在測量的人，是在修補中嗎？

「那座塔是飛龍破壞的嗎？」

「啊，那座是兩年前左右下級龍襲擊時被擊壞的塔，當時，有一半的塔倒塌，連城裡都受到損害。不過，終究是擊退了。」

「擊退了嗎。」

「儘管只是下級，仍然是真正的龍，何況連飛龍要打倒龍都是不可能的。一定要是王祖大和大人這般的大魔法師，或是沙珈帝國的勇者才行。」

我不假思索地把目光移向儲倉，但是隱忍下來。

潔娜的話仍舊說了下去：

「雖然下級龍的時候就這樣解決了，四十年前黑色成龍襲擊過來的時候，完全敵不過。也許你不相信，就連外牆都被摧毀了喔！莊園的外牆很矮是因為在那之後才增建。」

「然後，是怎麼擊退的呢？果然是勇者幫忙打退的嗎？」

「不是，吃完牧場裡的山羊的黑龍，可能那樣就滿足了，悠悠哉哉地飛走了。說不定龍看到人類，就像我們看到螞蟻一樣呢！」

有那麼大的實力差距嗎？

那樣的話，打倒龍的我，看來可以征服世界了呢。雖然我沒有那種熱情和野心就是了。

對了，在剛才的神殿裡也聽到關於勇者這個存在吧？

「勇者大人嗎？沙珈帝國好像有召喚勇者的大魔法，由於召喚需要莫大的代價，是六十六年週期的魔王襲來以後就不再實施的祕術。大和大人與沙珈帝國的初代皇帝似乎也是被勇者召喚魔法叫來拯救世界的人唷！很棒吧！」

勇者是被召喚來的啊？果然是日本人嗎？王祖是大和，初代皇帝是嵯峨或是佐賀嗎（註：嵯峨、佐賀皆為日文姓氏，日文唸音同沙珈）？聖劍的名字為王者之劍及光之劍的理由，到這裡我好像能理解了。

那個沙珈帝國什麼的，似乎擁有能回歸原來世界的關鍵。為了不要忘記，寫在交流欄的記事本裡吧！

「妳說六十六年週期，是知道下次魔王什麼時候襲擊過來嗎？」

「這是大家認為魔王何時會攻擊過來也不奇怪的時間點，但目前還沒有魔王出現的傳聞。」

嗯嗯，也有早就已經復活了，卻因為情報傳遞還差一點而沒傳遞到的這種事吧。

「不單純只是因為復活的情報沒傳過來的關係嗎？」

「希嘉王國與沙珈帝國的都市有緊急用的通報魔法道具，所以魔王出現的話，即使都市毀滅了也能傳達。」

喔，那真是厲害。

「而且，在魔王出現以前，各神殿的巫女大人將被授予神諭，事發前就會知道了。」

那真的是厲害到不行啊！做得好，神明！

「不僅僅是魔王，大災難來臨時也有神諭，但前天星降的事，無論哪個巫女大人都沒有領授到神諭，因為是在『龍之谷的結界壁』的另一端，所以神諭才沒有降臨也說不定。」

啊，那個結界啊？由於在別的神明的神域所以無法知曉吧？

「魔王果然是率領魔物過來攻擊的嗎？」

「那根據魔王而有不同，也有自己隻身戰鬥的魔王，不過多數是率領大群魔物和魔族發起戰鬥的情況，曾有過率領人族和亞人的魔王。」

嗯——？各式各樣哪！

「可是，在魔王的手下裡最可怕的是『魔族』，即使是下級，仍有著和之前飛龍同等程度的力量。」

「下級聽起來很弱，卻很強呢。」

「只有魔法或魔法武器才能傷害得了魔族，很棘手。」

「妳說下級，也有中級和上級嗎？」

「是的，大家都說中級能很簡單地毀滅一個都市，作為標準，就是騎士團與宮廷魔導師全員出動才能討伐的強度。對中級魔族而言，魔法也難以生效，要是小型魔法連損傷都辦不到。」

足以毀滅一座都市的程度叫作中級，和那種東西戰鬥的勇者真辛苦。

但說到中級，也就是說還有更強的吧？

「那麼，上級呢？」

「龍和魔王都一樣，以人類來說是贏不了。遇上的話，不是要考慮『怎麼打倒？』是要考慮『怎麼把受害降到最低限度？』和『怎麼逃脫？』的對手。」

跟剛才聽到的成龍相同。

咦？我好像遺忘了什麼。是什麼呢？算了，到時候就會想起來了吧！

我試著確認其他在意的事情。

「對了，魔王和龍哪一方比較強呢？」

「龍。」

喔喔！竟立刻回答。

「過往出現過的魔王中，雖然有戰勝了勇者的強大魔王，將那個魔王打倒的卻是龍。」

「那樣的話，就不需要特地召喚勇者，讓龍幫忙打倒不就好了嗎？」

「那是不可能的。因為龍單純是覺得和魔王與魔族戰鬥很開心，決不會為了人類去打倒他們。比起魔王造成的傷害，龍和魔王戰鬥時造成的損害還比較大。」

原來如此，是「在龍出現之前，神明與勇者通力合作將魔王打倒」這種感覺嗎？考量流星雨的破壞力，我覺得我現在的立場不就是龍的位置嗎？如果勇者輸了，我就偷偷摸摸從遠方施展流星雨打倒魔王吧！

畢竟，以近身戰和魔王戰鬥這種事，廢柴如我是辦不到的。

淨是嚴肅的話題，很是疲累，於是我們在休耕地眺望吃草的羊群，快樂地聊起彼此喜歡的食物和討厭的食物。

出了莊園之後，我們提到要去城前廣場一家人人都說好吃的餐廳，但離中午還很早，我們遂遠離內牆內側，繞去了西街。

我很想去看看西街的煉金術店呢！

「在西街，不單單只有不太富裕的市民專屬的店，也有肉品加工所與煉金術等等店家。其他還有，那個……」

潔娜在這裡羞赧起來，欲言又止。

據在地圖上看到的，也有當舖、高利貸、色情行業等等。奴隸商會也是在這條路上。大概是說不出色情行業或妓院之類的字眼吧？

如果太深入追問，會變成性騷擾。

通過販售食品與日用雜貨等等的生活必需品的區域，不正經的店家便開始增多了。

火辣的大姊與看起來很低級的大叔正在徘徊。

在西方大道的廣場上，排列著各式各樣的露天攤販，並舉行著鳥和家畜等等的競標。仔細一瞧，在家畜旁並排站著被綁在籠子欄杆上的少年少女奴隸。

至今儘管看到過許多奴隸，瞧見此般交易，心情仍舊很差。

我被一股衝動驅使，想要買下所有人並把他們解放，但沒有自信能照料他們到最後，便放棄了。

在廣場前，有位像是商人的男子正在公告奴隸市場的資訊，似乎從明天傍晚開始要連續舉行三晚。

經過那個廣場便看見妓院林立，微妙地有類似時代劇中吉原的感覺。

果然以性愛作為本業的姊姊是最棒的，比起不甘願地被強迫提供性服務的奴隸，對於性風俗感到自豪的專業對象還比較好。

今天晚上就試著去有漂亮姊姊的店吧！

有酒店那樣的店吧？比起洗泡泡澡，我更喜歡能享受黃色對話的人——哎呀，就算不是戀人，這也不是那種和女孩子在一起時該思考的事。反省，反省。

在外牆沿途的同等間隔上有著廣闊的公園，但是我看到其中一處聚集了大量人潮。

「請停一下。」

凝望人群之中的潔娜，以強勢的語調停下了馬車。

「怎麼了，潔娜。」

「佐藤先生，請看那裡。」

嗯？那個，不是上次的胖子神官長嗎？

「要嚴厲制裁惡魔的眷屬！以這個聖石制裁眷屬是從善積德！」

在人群騷動之中，能聽見扯開了嗓子，聲音高八度的胖子神官長的聲音。

由於遠征去東街沒有人理會，這次換本地的西街了嗎？

但是，與先前不同，這豈不是即將發生暴動的氣氛嗎？巫女悄聲說過的「災難」是指這場騷動嗎？

「善良的人民啊！前天那場應稱作天譴的星降大家還記得嗎！」

「「「喔喔喔！」」」

「「「記得！」」」

「「「喔喔喔喔喔！」」」

有半數以上的人都是暗樁還是單純想大呼小叫的人？

「而且！更有甚的！昨天甚至連魔王的幹部都襲擊了伯爵大人的城堡！」

「「「神啊！」」」

「「「勇者大人請來幫助我們！」」」

「「「喔喔喔喔喔！」」」

嗯？有那樣的事件嗎？

我一看向潔娜，她隨即以困惑的表情回望。

「昨日，有個衝進衛兵辦事所的人說『有黑影在伯爵大人的城周圍飛來飛去』，但是看守的士兵與城裡的人們誰也沒有看到過那個場面。」

「這是胡說八道吧？」

「我不明白他做這種事的意義。因為他說的那個人，也早已被以製造騷亂的罪名被關進了城裡的地牢。」

真嚴苛的異世界。

「這代表神明的護佑變得薄弱了！從善積德吧！善良的人民啊！只要積功德就能在災厄下受到庇佑！」

「「「神官大人！救救我們！」」」

「「「喔喔喔喔喔！」」」

「「「積功德！」」」

頭腦簡單的各位民眾，被煽動的抗性太低了。

「從善積德！明白了嗎人民們！積功德吧！」

「「「積功德！」」」

「「「喔喔喔喔喔！」」」

「「「教教我們吧！」」」

這條街的人看來會輕而易舉地被電話詐騙集團或老鼠會欺騙的樣子。

「看看這傢伙！」

胖子神官長以後仰姿態指向廣場最裡側。

「這些亞人是魔族的不完全體，不，是魔王的手下。給予這些傢伙神聖的制裁就能累積功德。」

「「「喔喔喔喔喔喔！」」」

「「「殺！」」」

喂喂，煽動的人。

「要等待！善良的人民啊！殺了她們的話，會觸犯王法。要等待！」

「「「怎麼辦才好，神官大人！」」」

「「「殺！」」」

「「「喔喔喔喔喔喔！」」」

光是叫喊的傢伙特別多哪！

「不能殺！用這個神聖之石丟擲惡魔的眷屬就能夠積德。」

「「「神官大人！」」」

「「「給我石頭——！」」」

「「「喔喔喔喔喔喔！」」」

我看向胖子神官長所指的方向，那裡有三名獸娘。

以鎖鏈拴住的犬耳族、貓耳族、鱗族的女孩們正蜷縮著身子發抖。

「不單是這樣，用自身的金錢也可以積功德！」

「「「喔喔喔喔喔！」」」

「「「積功德！」」」

喔，聲音有一點減少了。

「一個聖石一枚銅幣。現在特別大優待，一枚大銅幣提供五個聖石！」

響應的聲音停止了。

民眾在意現金。

「怎麼了！善男善女！聖石有限！積功德是快者得勝！」

「「「我買！」」」

「「「賣給我！」」」

「「「喔喔喔喔喔！」」」

對限定這類沒轍啊。

「和這邊的弟子們買！排隊！只要好好排隊就能累積功德了！」

「「「喔喔喔喔喔喔！」」」

「「「排隊！」」」

胖子神官長沒有使用什麼操縱意志的魔法嗎？

買下聖石的人們將石頭毫不客氣地丟向獸娘們，完全不手下留情。

呃！真的嗎？

「我已經看不下去了！我要過去一下。佐藤先生，請在這裡等我。」

潔娜以迅雷不及耳的速度下了馬車，奔向騷動的中心。

我看呆了導致出手太慢。

「「「殺了亞人！」」」

「「「喔喔喔喔喔！」」」

「「「制裁魔族！」」」

鱗族女孩包庇著嬌小的犬耳女孩和貓耳女孩。

民眾的熱情高漲但投向獸娘們的石頭卻稀稀落落。

我看見了高舉石頭打算丟向獸娘們的人，遂彈出手掌內的劣幣將聖石擊碎。儘管有點害怕會誤擊到周遭的人，多虧了投擲技能而沒有擊歪。

不知是否看到手裡的石頭碎裂而感到愕然，握有聖石的人們暫時停下了動作。

這樣就能爭取到潔娜使出魔法保護孩子們之前的時間了吧？。

躋身守在獸娘們面前是很簡單，但接著要是仍被做出同樣的事情就沒有意義了哪……

看著獸娘，如往常般的詳細情報顯示在AR上。

就是這個！

我急忙分析發現到的情報。

凝視著獸娘發現到的，是她們主人的名字。

是和胖子神官長不同的名字。

那麼她們的主人在哪裡？

能想到的是，主人不在這裡嗎？和胖子神官長處於無法反抗的立場——抑或是胖子神官長的同伴嗎！

最近一味用AR顯示資訊，我發揮探索全地圖的真正本領。

在地圖上搜尋主人的名字。

有了！廣場的末端！坐在木箱上眺望廣場騷動，奸笑著的獐頭鼠目矮子男。

我查閱了AR顯示的資訊。

矮子男的名字是伍斯，三十九歲。技能：「詐欺」、「說服」、「威脅」。擁有奴隸：「貓」、「犬」、「蜥蜴」。

……嗯？奴隸只顯示種族，沒有名字嗎？

不，那種事情怎樣都好，我還要情報！還遠遠不夠。

所屬：「聖留市，下級市民」。公會：「溝鼠」——就是這個！用公會：「溝鼠」來搜尋！

公會成員共有五十二名，在這個廣場中包含伍斯在內共十名，除了伍斯與在他後面的宛如護衛的高壯男以外，有八個人在廣場當暗樁。

我將全員都標記起來，也包含不在這個地方的人。

好，行動開始！

∨獲得技能「暗中行動」。

但是，我因為獸娘遭虐待的行為而受到影響，看漏了一件重要情報。時光雖無法倒流，但這個時點要是慢了一步，後果說不定會大相逕庭。

潔娜終於到達胖子神官長的面前。

「請停止你殘暴的行為！」

「什麼啊小姑娘！你也是魔族的夥伴嗎！」

不知何時，他不用「眷屬」這個詞。而且還回應了難以反駁的話，很懂煽動者的基礎哪！

「「「魔族的夥伴也同是魔族！」」」

「「「喔喔喔喔喔！」」」

在潔娜幫我爭取時間之際，暫且對群眾裡的暗樁們做些什麼吧！

「請不要隨便亂說！札伊庫恩神殿要違反王法嗎！」

「用聖石投擲魔族哪裡不好了？」

什麼牛頭不對馬尾的對話。不，胖子神官長就是明白，才偏離討論核心的嗎？

我從載客馬車上下來，用手撥開群眾。以滿員電車中培訓出來的經驗和迴避技能的力量，穿過了人群。

「「「喔喔喔喔喔！」」」

「對了！也向那個小姑娘丟石頭！」

「「「喔喔喔喔喔！」」」

潔娜似乎在事前便使用了風防禦，不單單是自己，也保護了獸娘們。不愧是軍隊的魔法兵。

好了，在群眾變成暴徒之前收拾收拾。

就算是潔娜，被大量人潮推擠的話也很危險。

我移動到丟石頭煽動周遭的男子旁邊。

為了讓他昏迷，我把格鬥技能調昇到最大。由於技能的恩惠，我知道如何攻擊可以使他昏倒，甚至不殺他就能解決。

我僅憑一擊遂讓男子倒下了。

由於是一瞬間的動作，並沒有被周遭的人注意到。我佯裝關心貧血突發的朋友，將他搬運到廣場外面，並丟在路邊。由於時間寶貴，便不注重細節了。

＞獲得技能「演戲」。

＞獲得技能「綁架」。

＞獲得技能「暗殺」。

綁架技能看起來能用，我將之提昇到最大。暗殺技能則不動，我不會動的唷？

廣場中央有其他穿著神官服的青年替潔娜幫腔。

「亞人是魔族這種事，與其說札伊庫恩神殿，不如說只有您在說不是嗎？」

「哼，是博愛主義的加爾雷恩神殿的神官嗎？獸族有那麼好的話，丟完石頭後，全身上下都可以任你使用喔！」

嗚哇，最差勁的性騷擾渾蛋哪！

潔娜臉上泛起了紅暈——才怪。是因為不曉得意思嗎？太好了。

「殺了亞人！」

「給予魔族制裁！」

「「「喔喔喔喔喔喔！」」」

爭論的舞台就交給潔娜他們，我來驅逐害蟲。

兩個人，三個人接連被我順利地弄昏，我把他們找個地方丟在路邊。丟掉掉落在手邊的酒瓶這種程度的功夫，根本是舉手之勞。

「你明白嗎？如果這樣繼續煽動民眾的不安，會變成暴動的！札伊庫恩神殿會成為造反的主謀者！」

「愚蠢，狐假虎威的小姑娘！說不殺魔族？妳才是造反者不是嗎！」

「殺了魔族！」

「那個小姑娘不也是魔族化身來的嗎？」

「「喔喔喔喔喔！」」

半數的驅除結束了。

群眾的叫囂也大幅減少。有一個格外大聲地叫喊的傢伙在，雖然不是溝鼠一員，總而言之先標記起來吧。

等驅除結束以後再去交涉。

「同在西街的各位！大家都一樣不安！但是，不要變成將之強加在弱者身上的那種膽小鬼！」

「聽見了嗎，人民們！加爾雷恩神殿說你們是惡人！將為了積功德而努力的你們說是惡人！」

民眾回應了胖子神官的煽動，不過聲音漸漸地變小了。

「殺了魔族！」

「這個假神官！」

「喔喔喔喔喔！」

好，還有兩個人。

趕緊幹掉他們丟到路邊。

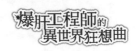

在伍斯踏上舞台之前，先和大聲君交涉，再進行最後的準備。

V獲得技能「陰謀」。

「請讓他們停下來，不管丟多少石頭我都會全部擋住！」

「妳要阻擾神聖的儀式嗎！反抗神明的愚者！」

胖子神官長口沫橫飛地叫囂，回應的民眾聲音卻很稀疏。那些聲音也一個接著一個消失。

我從後方砰地敲了伍斯的肩膀。

「換你出場了唷！」

「你，你是誰！喂，班傑！打倒這個傢伙！」

伍斯邊感驚訝，邊向後方的男子以下巴下達指令，但是回過頭前方，已沒有高壯男的身影，十分難堪。

「班傑？去哪裡了那個白痴！」

「高壯男的話好像和女人去了哪裡喔！」

其實是被我弄暈丟在小巷。

我用腳尖由下往上踢伍斯的腹腔神經叢，令他昏死過去，並帶往舞台。

「大家，解散了，再這樣下去軍隊真的會過來的！有所不安的話就來神殿，無論有多少不安和煩惱我們都會聽！」

「你要阻礙神聖的儀式嗎！反抗神明的愚者！」

無論哪邊不都是神官嗎？

我在他們正中央扔出伍斯。

「喔喔！伍斯大人！你這傢伙！對提供給我亞人奴隸進行神聖儀式的虔誠信徒做了什麼！這個叛教者！」

總而言之，先忽略胖子神官長。

「潔娜，久等了，那裡的神官大人也辛苦了。這個男人就是主謀。」

「不愧是佐藤先生，身手很敏捷！」

「主謀？」

讚美的點很奇怪啊，潔娜。

我以笑容向半信半疑的青年神官點頭示意，畢竟比起自我介紹，有更優先該做的事。

「潔娜，如果妳的魔力還有剩餘，能不能使用將聲音傳到廣場的魔法？」

「好的！　■■■■　■■■■　■■■　■■■　風之耳語。」

我用雙手抬起昏迷的伍斯，使之能被大家清楚看見。

刻意地將伍斯的身體當作遮蔽物，讓我變得不顯眼。

「各位，看得見嗎？這個男人就是幕後黑手！這個男人借奴隸給札伊庫恩的神官，煽動各位的不安，把區區的小石頭假裝是聖石，打算騙取大家寶貴的金錢！」

＞獲得技能「判罪」。

「還錢來——！」

群眾之中出現格外大的聲音，猶如被那個聲音煽動似的「還錢來」的吶喊聲開始了。

「而且，他還有別的目的！他利用可以賺點小錢教唆札伊庫恩神官的真正目的！就是煽動大家來謀反伯爵！他才是惡魔崇拜者的同伴！」

詐術技能狀態超好！

「一筆小錢的部分」是事實，後面的兩件事不過是穿鑿附會。

事實上，我還不明白這個男人的目的，所以試著投下一顆震撼彈。

＞獲得技能「冤罪」。

若是以販售聖石為目的，聖石個別賣出一百個共銀幣五枚，與亞人奴隸三人的價格不相符。我以市場行情技能所看到的價格，是三人銀幣六枚。持續那個狀態下去，奴隸們確實會死，不會錯。

是吧？怎麼算都不對。

「那傢伙在背地裡操控魔族嗎——！」

那個大聲公笨蛋，我縱然拜託他朝胖子神官長不利的方向煽動，但也稍微看一下情勢吧！又要變成暴動了。

嗯？魔族？

對了，想起來了！

最初來到這個都市的時候——

『咯咯咯咯咯。』

兩手被我固定在後方懸吊起來的伍斯，以力量飽滿的聲音笑了起來。

應當徹底被封住行動的伍斯，揮動著黑色胳臂開始反擊。

那雙魔爪將胖子神官長的身體撕裂了。

——我曾經發現過一個魔族存在。

體內重要器官被尖銳爪子撕裂了的札伊庫恩胖子神官長，內臟四處散落，當場死亡。

對於眼前發生的殘暴殺人行為，我喪失了反應。

在驚嚇之餘，我想都沒想，把束縛住伍斯兩臂的手放了開來。

「這……這雙手臂是什麼？」

揮動著魔爪的黑色胳臂，是從伍斯胸口附近長出來。在地面跪下的伍斯，吐出鮮血愕然凝視著自己的胸口。

「是魔族！大家離開廣場避難！」

最先恢復自我意識的青年神官大聲警告周圍的民眾，自己也和魔爪隔出一段距離，接著以強力又堂堂正正的語氣朗朗唱誦起咒語。

在廣場的人們看見伍斯胸前長出的黑色胳臂，宛如被驅逐的小蜘蛛，竄逃出去。

魔爪無關伍斯的意識，宛如別的生物似的打算朝這裡攻擊，不過伍斯昏迷過去，癱軟在地的緣故，爪子並沒有攻擊到。

「佐藤先生！把那些孩子們帶去廣場外面！我去呼叫援軍！」

「我、我知道了！」

很糗地，我受到潔娜的指揮才終於想起自己該做的事情。

總而言之必須確保獸娘們的安全，我變得不知道是為了什麼要和胖子神官長起爭執了。

我為了扯斷鎖鏈而使出力氣，柱子卻先行被「砰」地從地面拔了起來。和所計畫的不同，不過總之這樣就能動了吧。

「因為很危險，快去避難。鎖鏈沒辦法解開，所以三個人一起到堅固的建築物裡面去躲起來。」

可是，三個人都在那個地方動也不動。似乎又並非四肢無力。

「這是命令，所以不行～？」

貓耳族的孩子以放棄般的聲音編織語言。那個聲音正在顫抖。

「不能動喲。」

「很抱歉，主人伍斯大人嚴厲命令我們『不要離開這個地方』，如果移動，隸屬的項圈會變緊。請不用管我們的事。」

犬耳族的孩子和背上滲血的鱗族女孩，以放棄的模樣搖頭。

援助卻在意料之外時來了。

「上吧！殺掉魔族！」

方才向獸娘們丟擲石頭的人們，往長出胳臂的伍斯丟出聖石。而發號施令的，是剛才我收買的大聲君。

喀啦，伍斯的脖子朝著詭異的方向——我不知不覺轉移了視線。

真是個性命無關緊要的世界，竟然毫不猶豫地說要殺伍斯這個魔族。

……搞不好只有我一個人是和平白痴。

「喔喔！魔族起來了！大家躲起來！」

由於大聲君的話語而回過頭一看，理應倒地的伍斯屍體，四肢關節毫不彎曲，以影片倒轉播放的姿態站起身，像是個殭屍。

從他身上飄出了黑色薄霧。

我望向青年神官，但是他還在詠唱咒語。太久了啦。

『螻蟻之輩們，為窩破壞礙事宿主的頭真是幫了大忙，窩很感謝。』

是因為受到哪裡的小丑的印象影響而學到的說話方式嗎？並不如外表感覺那麼恐怖。

「……■■■■　■■■■■　封魔圓陣！」

『耍小聰明，窩不由得發笑。』

專注於詠唱咒語的青年神官的魔法發動了，製造出了封印胳臂魔族的光之魔法陣。

說著「不由得發笑」的胳臂魔族反而無法從魔法陣出來的樣子，青年神官開始繼續詠唱下一個咒語。

『咕奴奴奴奴。憑人類的喉嚨能使用魔法！窩的誤算。』

街上的人們，在建築物裡面恐懼不安地窺視著這一邊。

魔族撥開伍斯的身體，現出了真身。

那是從眼球中長出翅膀和手臂的奇妙生物，光只是看著牠，SAN值就要被削弱了。

『噗咻嚕嚕嚕嚕——這樣子變得容易說話了，窩很感激。』

我可是變得不好聽懂了啊！

而且明明也沒有嘴巴，是從哪裡說話的？是把眼球表面當作擴音器一樣振動發聲嗎？

不對，那種事情怎樣都好。

這個一定是巫女所說過的「災難」，剛才的暴動想必是前兆。

我看向眼球魔族那裡，AR顯示上的伍斯變成了下級魔族，雖然名字也出現了，但並不是排列著普通文字，而是發音記號。

我把視野維持在眼球魔族身上然後搜尋，隨著伍斯的死亡，獸娘們也變成了「沒有主人」。

這樣一來這些孩子們也可以動了不是嗎？

「……■■■　聖槍。」

青年神官射出了光之槍。

『窩不笑了。』

眼球魔族一聲怒吼，衍生出闇色的障壁，擋掉了光之槍的行進路線。

果然不單單是變得容易說話，連魔法也能使用了嗎？

他再一次揚聲咆哮，腳邊的魔法陣遂被破壞殆盡。

『直到剛才為止的騷動、恐怖、不安、偏見、傲慢，我其實很喜歡！窩很滿足。』

慘了哪！要是現在對方使出攻擊魔法，我保不住這些孩子。

這裡要先發制人嗎？但是，如果不能一擊打倒，這些孩子就會陷入險境。

眼球魔族發出極其巨大的響亮咆哮。

『因故，在這個土地上為我的主人建造巢穴，很開心吧？窩很勤勞！』

主人！難道是魔王？

以眼球魔族為中心，出現了黑色的光魔法陣。

糟糕，肯定是什麼攻擊魔法。應該要離開這裡，我抱起三個人。

青年神官也抱起殘留在廣場上的老人開始避難。

一前往那裡，潔娜所引導的軍隊士兵們，時機很不巧地到來了。

「佐藤先生！是軍隊！」

潔娜身上散發著水氣，一定是拚著命跑過來。

以叫喚過來的速度來思考，他們是鎮壓胖子神官長們引發的暴動而來的部隊吧。士兵部隊發出鏗鏘鏗鏘的金屬聲，拿著大盾將魔族團團包圍，布下陣型。

雖然打斷你們的努力很不好意思，但這是緊急事態。

「潔娜！魔族正打算要做什麼！快避難！」

正當我在猶豫不決要讓抱起來的三人避難，還是再次重複警告潔娜，事態卻更早一步往前發展。

腳邊的地面猶如昭和的特攝片般扭曲變形。明明確實是堅硬的地面，卻放出了暗紫色的光芒，扭曲旋轉，將我們拖曳進去……這道閃光把世界染成了「黑色」。

◆

光線一消失，那裡即出現了洞窟般的場所。

由於地板上微微發出了紫光，勉強能看得見。地面雖然還保持原樣，卻顯露出了岩石質層。半徑十公尺左右的空間裡，其中一面牆上有出口。

在這個地方的，只有我一直抱著的獸娘三人。

不用說潔娜，就連應該在附近的眼球魔族也不在，當然，潔娜帶來的軍隊們也不在。

『歡迎來到窩主人的迷宮，雖然還沒有名字，我現在就創造魔物給泥，心存感謝就好，窩很勤勉！』

眼球魔族的聲音從某處傳來，聽起來不像是心電感應啊？

貓耳女孩指向天花板一隅，看來是從那裡的風洞傳來的聲音。

『為了窩的愉悅，盡情地害怕吧！廝殺吧！就去爭奪！窩會獎勵！』

稍微停頓了一會兒，眼球魔族的聲音又繼續。

『放棄會使心靈變得空虛，窩很厭惡！

因故窩在全部的房間都連接了出口，窩很公平！

窩期待希望後的絕望，餌食們要振作，窩激勵你們！』

……原來如此。

遊戲中的強制活動副本「迷宮逃脫任務」開啟了！

＞獲得稱號「迷宮探索者」。

迷宮

「我是佐藤，幼時曾沉迷於父親收藏的迷宮遊戲，感覺上那是我走上遊戲業界的契機。我忘不了在那個遊戲裡獲得超稀有道具刀時的感動。」

我用地圖確認，僅顯示著「惡魔的迷宮，最下層」，並沒有道路被顯示出來。

……果然沒那麼容易嗎。

何況，從城市冒險般的情勢急遽變成了迷宮探險，這要是桌上ＲＰＧ的話，會是到了需要擔心Game Master大腦的地步。

哎呀，撇開那種事，獸娘們似乎正感到不安。

姑且以照應這邊為優先。

果然還是該從自我介紹開始。

「我是佐藤，旅行商人。」

「貓～」

「犬喲。」

「我是蜥蜴。」

那就是名字嗎？

不只是伍斯，在那之前的主人也那麼叫的樣子。

犬耳族女孩和貓耳族女孩在孩童時期便開始當奴隸，鱗族女孩則是在長大之後才變成奴隸，因此有正式的名字，不過卻冗長且混合著氣音，是不好發音的名字。

最後，由於被她們要求希望取一個容易叫的名字，我便取名叫「波奇」、「小玉」、「莉薩」。雖然可能會被喝斥：「不要當你在養寵物！」但如果取了個普通的名字，我有自信會叫錯，反正只維持到走出迷宮之前，就原諒我吧！

莉薩並不是從蜥蜴的Lizard而來，是擷取自本名最開頭的兩個字。

好了，在逃脫出去前，從三個人的治療開始。

我從背包中取出毛巾和水袋，以及創傷藥軟膏。縱然是為了作為瑪莎她們的土產而買下的東西，但下次再重買就好。

「用這塊布和水袋的水清洗傷口消毒，再塗上創傷藥用布包紮起來。不要重複用消毒時的布喔？」

被遞予全新毛巾的三個人正困惑著。

對對，剛開始的時候，即使是普通地對話，若不用命令口吻，每當講話的時候便會露出不知所措的臉，變成這種感覺。宛如回到從前照顧親戚的小不點們的時候一樣。

「怎麼啦？妳們治療的時候我會轉向後面，安心吧！」

但看來並非是因為害羞，而是賜予上等的布和創傷藥給奴隸的這件事本身就很稀奇。

「謝謝喲。不用轉向後面也沒關係喲。」

「好漂亮的布，好開心～」

「那個……藥和水，如果是為了小少爺而拿的……那個……比較好……」

波奇和小玉解開綁在貫頭衣腰間的麻繩，毫不猶豫地脫掉衣服，開始治療。

兩人除了耳朵和尾巴以外，與人族的幼兒沒有區別。

波奇是咖啡色鮑伯頭，小玉是白色的短髮，莉薩則是將及腰的紅色長髮束在後方。

莉薩不知是否為深思熟慮的類型，正猶疑不決，但我要她「別在意就使用吧」地「命令」了之後，她遂和其他兩人同樣開始治療。

莉薩也是，如果不看她美麗的尾巴和覆蓋身體一部分的橘色鱗片，和人族女性沒什麼差別。

在所能看到的範圍內，橘色鱗片遍布在尾巴附近、脖子到肩膀、手肘到指尖，以及膝蓋到腳趾。單就服裝上看來，胸部是十分可惜的尺寸。

我選在她們結束治療的時間點，發給三人烘焙點心。雖說是烘焙點心，卻是掌心尺寸一人發三個，應該足夠果腹。這是和潔娜邊逛邊吃時，當作土產買下的東西。

波奇淨是垂涎地凝視著，卻誰也沒吃。

「不用客氣沒關係，吃吧！」

沒獲得允許就不吃嗎？果然，奴隸是被虐傾向哪。

「好吃——」

「好、好甜，好好吃。」

波奇噎到了，我遞水袋給她。

「我不會拿走的，慢慢吃。」

莫名有保母的心情。

「居然有用蜂蜜做的烘焙點心……」

莉薩好像說不出話來，為了區區一個烘焙點心真是誇張。

我再度確認地圖，果不其然除了這間房間以外，沒有顯示。

是沒有魔法效果嗎？還是效果被抵擋了？

我開啟主選單使用「探索全地圖」魔法。如果這樣還不行，只能親自摸索地道了嗎？

那樣的擔憂立即被抹去，「惡魔的迷宮」的全貌顯示了出來。這個魔法加上地圖的組合太方便了。完全是簡易模式。

好了，儘管是全部顯露無遺的迷宮，平面顯示的話會不好掌握，因此我切換成3D顯示。WW這類的戰爭遊戲，高低差將是重要的勝負要素，所以3D地圖是必須的。

不光是3D，還可以旋轉視角，所以我能夠從各個角度觀看。

就那樣以立體方式顯示出來的地圖，與其說是迷宮，不如說看起來感覺像是蟻巢。在樹枝狀分岐出去的通道末端有房間，從那裡開始又有通道以樹枝狀岔開了出去。

立體交叉、與其他房間連接，還有岔路，很有迷宮的風格。

我大概搜尋了一下，這個迷宮裡面共有一百五十九名人類，在那之中有七名是亞人、剩餘一百五十二名是人族，約四分之一左右是奴隸。暴動的鎮壓部隊約有五十名，被分散到三處。

潔娜也在那其中之一的集團，以地圖來看暫時碰不到，但與士兵部隊夥伴們在一起的話不會有事吧。

我反倒還希望他們過來。

加爾雷恩神殿的青年神官位在離潔娜很遠的位置，若能和他會合的話是在出口附近嗎。

以我個人來說，最不希望他這個人才死去，但即使不管他，他似乎也能存活下去。如果能遇到他堪稱幸運。

若有聯絡方法，就能把全員都誘導到地面上了。但即使是這個方便至極的主選單，卻沒有搭載如同玩家聊天的功能。

話雖如此，眼球魔族用搜尋是搜尋不到的。最深處有一個顯而易見的房間，因此我想是不是在那裡……

不過貿然地先打倒他讓迷宮崩毀的話，可不是開玩笑的，這傢伙也先棄之不理吧！

敵人主要是十到二十級範圍的蟲系魔物。

一開始搜尋約莫有二十隻，不過每每重新搜尋便會增加，現在已超過了一百隻。種類亦新增了青蛙與蛇等等。無論哪一隻魔物，都持有「原始的魔物」的稱號，意思是迷宮製成後立即被創造出來的魔物吧？之前所見過的飛龍應該沒有這般稱號。

這裡似乎是盡頭的房間，在移動中被包夾就慘了哪！也要給三人準備武器嗎？

好，就假裝是在通道暗處所找到的，從儲倉裡適當地拿出長槍與劍吧！

當我如此決定，往通道方向前進，三人遂慌慌張張地追了上來。

「不要丟棄我們！我們什麼都願意做！」

「不要不管我們！」

「小少爺，利用我們也不要緊，請帶我們走，拜託了。」

我被她們死命地留住了。但就算如此，誰也沒有抓住我的衣服，這是作為奴隸的經驗嗎？還是被訓練的？

「讓妳們擔心了呢，我只是去看看通道的情況，不會拋棄妳們的，放心吧！」

我儘可能溫柔地訴說。雖然覺得即使聽到這種話，她們也無法安心，但比不說還來得好吧。

等待三位女孩把食物吃完的空檔裡，我從背包中拿出短劍和魔法槍並裝備。

這支魔法槍約末手槍大小，不是用鉛而是以魔力當作子彈來射擊的武器。威力能夠不分階段調整以外，最小威力只需花費魔力一點，性價比優秀。

我的情形，魔力大約以一秒鐘三點的速度恢復，事實上可以無限制射擊。以第一人稱射擊遊戲的初期武器相比較是很便利，但扣下扳機後有零點一秒的延遲，稍嫌不好使用。

三人之中持有戰鬥技能的唯獨莉薩。

她擁有「長槍」的技能，不過怎麼可能從背包中拿出長槍，於是給了莉薩事先取出的短劍。不知是不是讓奴隸拿武器這件事使她很意外，她稍微有一些躊躇，仍被迫收下。

我擔任前衛職責，並拜託莉薩應付我們受到背後而來的突襲時的狀況。雖然莉薩說要打前鋒，但我仍把後方託付給她。

只要有雷達就不至於會遇上突擊，但若分配工作下去，也能稍稍忘懷不安吧。

順序是我、小玉、波奇、莉薩。我事先以強硬的口吻「命令」道，在我命令以前不可以參與戰鬥。因為她們的等級為二到三，如果疏忽大意受到魔物攻擊，會被一擊斃命。

實質上，這是護衛任務哪。

通路中四周都是與石壁相同的材質。

由於沒有自體發光的石板地，十分黑暗。幸好每隔數公尺便有發光的石柱，儘管洞窟的陰影令人毛骨悚然，但行走還是沒有問題的。

石柱約莫到達腰的高度，但討厭的是，光線被故意弄成只到達胸口，因此天花板漆黑一片。

恐怕這是為了要煽動不安的設計，真令人不悅的講究做法。

通道完全黑漆漆的話，會變成被關在房間裡面出不去，因此也許會有相應的對策。

「小玉，如果在通路前端能看到什麼，小聲地告訴我。波奇，如果有什麼奇怪的臭味或聲音的話告訴我。莉薩，我把後面的警戒交給妳，但是不要太過在意後方而脫隊。」

「系！」

「是喲！」

「是！」

雖然看起來依舊不安，但是回答得很好。

∨獲得技能「指揮」。

∨獲得技能「組織」。

嗯，大概是隊伍相關的技能吧。好像很管用，我試著分配了技能點數。

腦中浮現出有關隊伍成員適當配置的知識，在其他部分上，也提昇了掌握彼此崗位的能力。

一踏上通道，雷達便映照出敵人的身影，還在相當前方。

「通道對面傳來血的味道喲。」

往黑暗方向探出頭、簌簌地吸著鼻子的波奇，如此跟我報告。

直線距離是很近，但就道路而言是前方五百公尺，妳還知道得真清楚哪。

我稱讚波奇，撫摸她的頭。雖然是如寵物一樣的對待方式，但她啪噠啪噠地搖晃著尾巴，應該是很高興吧？

我一面接近，一面經由地圖調查敵人，等級二十、沒有特殊能力。攻擊是衝撞和咬噬。只有一隻，在下一個房間。

由於突然想到，我將三人的角色狀態做了筆記，對於有經驗值欄這件事我有點驚愕，真的……是遊戲啊。經驗值以百分比來顯示，所以我不曉得具體的數值，但我得以知道達到下個等級前的大約基準，挺方便的。

地圖內其他人的經驗值似乎是看不到的。因為僅限隊伍嗎？還是有什麼條件呢？

可以看到從房間流洩出來的光線了。

我讓三人等著，窺視房間裡面。是沒有注意到這邊嗎，巨大昆蟲外型的敵人正毫不知情地吃著「什麼」，所以……我都說了我沒有獵奇抗性了。

連我也輸了的話，會像那樣被吃掉嗎？儘管我認為以等級落差來考量，不認為會輸，但我動不了手。

故事裡的主人翁們為什麼能夠那樣勇敢地戰鬥呢。

從上風處飄散過來的血腥味，將我懦弱的心打敗。就這樣在救援到來前，固守在剛才的房間不也很好嗎。

「小少爺，恕我僭越。我在想，要在魔物吞食犧牲者的時候穿越後方，還是從背後進行突擊好？」

莉薩戰戰兢兢地如此開口。就算是莉薩應該也很害怕，現在她的四肢正微微顫抖著。

連等級個位數的女孩子們都能思考做什麼才好，或許是我變得太消極了。何況這種地方，救援不可能會來的不是嗎。

近身戰是不可能的，就從遠方用魔法槍狙擊來進行作戰吧！如果是連岩石都能擊碎、威力全開的魔法槍，即使是那個巨大魔物也能擊倒吧？

以咀嚼聲作為掩飾，我用魔法槍射擊。當然，威力數值調到最大。

第一發偏掉了，不過昆蟲魔物似乎並沒有注意到自己被攻擊。和之前射擊岩石時一樣，我沒有獲得射擊技能。

魔法槍的子彈微弱地發著光，因此在漆黑的地方能看得見軌道。第二發仍沒有被注意到，但我修正了彈道，第三發成功打中徐徐變換身體方向的魔物。

幸虧威力計量表調到最大，槍彈所命中的後腳，從關節部分開始迸裂飛散。我絲毫不允許牠接近，就那樣連連射擊打倒了巨大「灶馬蟋蟀」魔物。

剛才的苦惱都變得很可笑似的，獲得壓倒性勝利。

＞獲得技能「射擊」。

＞獲得技能「狙擊」。

＞獲得技能「瞄準」。

＞獲得稱號「殺蟲者」。

真是的，明明是隻巨大的灶馬蟋蟀，居然在沙漠以外的地方出現……

「超級厲害。」

「好強～」

託魔法槍的福，我被讚賞的語句弄得心癢癢。

波奇和小玉單純是在喧鬧，莉薩則彷彿覺得有點可疑。

「形狀好奇怪的手杖，小少爺是會使用魔法嗎？」

「這是魔法武器。不要對任何人說喔！」

總之，先打個預防針。雖然莉薩以奇妙的神情點了個頭，波奇和小玉卻「系的！」很開心地回應，所以在走出迷宮時也必須要再次叮嚀她們才行。

灶馬蟋蟀被擊裂的後腳，從中段開始往前的部分，與其說看起來像竹竿，更像是長槍。

和普通的昆蟲迥異，途中起即給人人造物般的印象。

對了，這個能不能做成臨時用的長槍？

首先我將後腳變成棒狀的地方，以魔法槍擊斷。

如果維持原樣，腳尖的爪子部分會喀啦喀啦地晃動，於是我透過背包取出木片與皮繩固定讓它不亂動。切面跑出綠色的體液，因此我再度利用止血時用過的布將之綁起。

＞獲得技能「解體」。

＞獲得技能「昆蟲學」。

＞獲得技能「魔物學」。

＞獲得技能「武器製作」。

＞獲得技能「皮革工藝」。

＞獲得技能「木工」。

還是老樣子，簡簡單單就獲得了。

用剛才的長槍刺了一次敵人後似乎就會分解，因此這回我決定將武器製作技能調昇到最大之後，再製作一次長槍。

利用昆蟲學、魔物學，以及武器製作技能所給予的知識，我把灶馬蟋蟀已剩一半的後腳用短劍砍出裂縫，用盡氣力拔斷。

嗚呃，這個手感好噁心。

我用短劍削磨長槍狀的後腳。這把短劍也是魔法物品，和軍隊的士兵所用的武器比起來根本有過之而無不及，很是鋒利。

我把方才以木片和皮繩補強過的尖端，這次使用本體的一部分進行固定。

固定之時藉由削平切面並混入同等性質的活體組織，便能夠利用魔物旺盛的再生能力將之融合。已經死了的生物辦得到嗎？我覺得很微妙，不過按照技能所帶給我的知識嘗試看看後，真的融合了。

以防萬一，我用皮繩綁起來進一步補強。

儘管也有一點在玩遊戲的感覺，但既然完成具有最初的臨時長槍完全不能相比的攻擊力的長槍，就湊合著用吧！

我打算將製作完成後的灶馬蟋蟀長槍遞給莉薩而轉過身，莉薩卻在灶馬蟋蟀的頭部與背部的連接部分，以短劍插入進行某種作業。

……是肚子餓了嗎？

「莉薩，吃那種東西會吃壞肚子的喔！」

「不、不是的。魔物有魔核，我想要回收……」

魔核？

「魔核是什麼？」

「魔核能變成錢，是魔物身體裡必定有的東西。遞給旅行商人的話可以交換許多物品。」

莉薩的回答與我想聽的內容有微妙差異，是我不該期待有維基百科等級的答案嗎。

莉薩從魔物身上流出的綠血中取出髒汙的圓球，是如拳頭般大小的紅色珠子。由於是汙濁的紅色，即使是客套話我也不認為能作為寶石用途。

我從背包中拿出麻布袋，遞給回來的莉薩。順勢也把剩下的不怎麼乾淨的布給她，讓她擦拭血漬。

「把魔核裝進這個袋子，然後用這支長槍。」

袋子讓波奇拿著，灶馬蟋蟀長槍遞給莉薩，而莉薩所持的短劍就給了小玉。裝備交換這部分，完全是ＲＰＧ取向。

收下短劍的小玉，不太能隨心所欲操控鏈子銬住的手，是項圈的鎖鏈太礙事了吧？

對了，用這個弄斷吧？

我叫來莉薩，把連接項圈的鎖鏈往兩旁拉開，接著以聚集最小威力的魔法槍擊斷。

波奇和小玉的也以同樣方式弄斷……但兩人都很害怕嗎？雙耳都垂了下來，因此我邊道歉說「對不起」邊撫摸了她們的頭。

我把鎖鏈放入袋子，與魔核的袋子一起交給波奇保管。

「莉薩，從下一個敵人開始，回收魔核的時候我讓波奇和小玉也輪流去做，妳把位置和做法告訴她們。」

「好的，我明白了。」

「知道了～喲。」

「系的～」

大家有幹勁比什麼都好。

還有，我有點在意，所以向波奇發問：

「對了，波奇。」

「是喲。」

「可以不用勉強加上『喲』的喔？」

「不加『喲』會被懲罰喲。」

原來如此，認為是處事之道而加進去的嗎？反正我是扮演暫時的主人，不矯正也可以吧？

「我知道了，不勉強加上我也不會對妳生氣的，所以照妳想說的就好。」

「是的……喲。」

我向成為灶馬蟋蟀的犧牲者的某人合掌，「南無——」地祈禱了冥福後，走出房間。姑且先將死者的名字做了筆記。

比較了戰鬥前確認過的數值和現在的數值，僅有精力值稍微有些變化，其他的數值沒有改變。

只要一起的話經驗便不會累積嗎？經驗值顯示的百分比毫無變化。

那麼補給部隊和神官之類又是如何提昇等級？

若三個人的等級能夠上昇，即使在逃脫的旅途中人數增加了，我也能夠隱藏能力，但是要到達那樣沒那麼容易嗎。

既然這如同遊戲一般，用遊戲的方式試看看吧？

「小玉，附近如果掉了跟剛才的魔核差不多大小的石頭，撿一顆給我。」

「系的！」

前方的通道是岔路，最終雖然連接到同一個房間，但是有一條路中途有房間。無論選擇哪一條道路都有魔物，不過中途房間的魔物是兩隻等級十的毛蟲，而且再往前，道路上有倖存者。

……要救嗎？

「路分開了～喵。」

交叉點一進入視線範圍，小玉立刻就傳來報告。明明不用奇怪的語尾來塑造形象也可以的。

我稱讚小玉，摸摸她的頭，她好像被我逗得很開心。

波奇似乎很羨慕的樣子，我便也「砰砰」地輕拍她的頭。

兩人的頭都在我胸部的高度，所以很容易撫摸，大約一百一十公分吧？莉薩比我還高——一百六十五公分左右。

「走右邊的路喔！」

我們踏上了通道。雷達上看來理應進入了視野範圍才對？

「上面有蟲——喲。」

小玉警告道。這回是模仿波奇嗎？

好了，要怎麼打倒看不到的敵人。

……對了，有好方法。儘管不曉得辦不辦得到，試試看吧。

我掌握雷達上大概的位置，望向該處。

緊接著，魔物的名字與等級在ＡＲ顯示上出現。

太好了！我咻咻咻地無差別連射顯示文字的周遭，魔法槍的威力維持最小。

中途有一發打中了，毛蟲「啪噠」掉到地上。

「小玉，用石頭丟牠。」

小玉丟了約莫三顆石頭，有兩發打中後被毛蟲的身體表面彈開，僅有一發造成了傷害。

毛蟲慢吞吞地靠近。

「波奇、小玉，退下。莉薩，到前面。只要一次，從我後面突擊那傢伙！」

我以最小限度的踢擊，一邊迴避毛蟲的身體衝撞攻擊，一邊爭取時間。總覺得，好像踢皮球的觸感。

在那個空檔，莉薩用槍尾敲擊，由於矛頭的固定並不完善，因此命令她暫時使用槍尾。但就算如此，也讓毛蟲的體力稍微減少了。

確認此事之後，我發射數發魔法槍，斷了毛蟲的命脈。

話說回來，和龍之谷時不同，擊敗的魔物屍體並沒有自動回收到儲倉裡。那個時候也是，在打倒最後一隻後才有戰利品紀錄，所以或許打敗全部敵人就是條件。

「莉薩、小玉，回收魔核交給妳們了。波奇跟我來，前面還有一隻。」

小玉遞給波奇推積如山的投擲用石頭。小玉……妳撿了多少顆？

在房間中的，是和剛才毛蟲同種類的魔物。

而且地面上有著年輕女人與看似奴隸少年的「屍體」。與方才灶馬蟋蟀的時候不同，並未吃得到處都是。

「波奇，進入房間以後從那傢伙的側面丟石頭，石頭沒有了的話就回到莉薩她們那裡。」

我大搖大擺地走進房間，並用魔法槍射擊。

波奇按照指示從近處連續丟擲兩顆石頭，完全命中了，不過被丟擲石頭的毛蟲朝波奇的方向吐出了毒液。

因為波奇的危機使我寒毛直豎，但是我以迅雷不及掩耳的速度踢了毛蟲的側頭部，讓方向偏離。力道比我預料得還大，憑那個踢擊即踢陷毛蟲的頭，讓牠無法動彈。傳至腳底的觸感有一點噁心。

總算是成功避開毒液吐到波奇身上的這件事，不過被毒液嚇了一跳的波奇往通道逃了出去。

而且，朝著與來時相反方向的通道。

是呆呆地搞錯路了吧。

「波奇，停下來！」

我立即追了上去，由於要繞過毛蟲，慢了一步。

「嗚哇～不要過來，不要過來～！」

嗯？是誰？不是波奇的聲音。是在通道上的男人嗎！

用雷達觀看，位置很糟糕。

「波奇，停下來啊！」

我衝刺靠近她，抓住她的後頸拎起來。

感覺在彎路前方看見了男人的背影，但追上去之前，男人的光點遂從雷達上消失了。

話雖如此，年輕男子為何要逃呢？

把波奇和魔物搞錯了嗎？

還是對在剛才的房間裡成為毛蟲犧牲者的兩人感到內疚……

不管是什麼，這個迷宮是比我所以為的還要危險的地方，對於這些孩子們的安全，不多加照顧是不行的。

「小少爺！你沒事吧！」

「沒事吧～？」

莉薩和小玉奔跑追了過來。

「啊，我沒事，回去剛才的房間回收魔核吧！」

「對不起喲。」

波奇垂下雙耳向我道歉，尾巴也縮進了大腿之間。對於波奇的失敗我並不生氣，但要是又陷入恐慌會危及性命，斥責她比較好吧？

「波奇，如果像剛才一樣危險，妳逃跑也沒關係。但是不可以慌張，知道了嗎？」

「……是喲。」

我砰砰地拍著她因反省而洩氣的頭，給予她鼓勵。

>獲得稱號「訓練師」。

訓練什麼的真沒禮貌哪。希望稱之為教育。

一回到房間，莉薩和小玉解體巨大毛蟲的姿態映入眼簾。感覺有一點超現實。

我將死掉的三人名字做了筆記，同時躊躇該不該調查他們的遺體是否留下什麼有用的東西。我怎麼樣都下不了碰觸遺體的決心，猶豫了之後，莉薩很會看臉色地命令波奇調查。

「衣服也要脫掉嗎？」

「鞋子要拿，衣服放著就好。」

儘管波奇問我，但衣服根本不需要吧？如今是因為注意到獸娘們沒有穿鞋子，才命令只回收鞋子而已。

波奇把回收後的物品遞交給我。少年奴隸的遺體上什麼也沒有留下，不過女性遺體上還留著小錢包、戒指與項鍊等等的寶石飾品。

我在儲倉中建立遺物資料夾，並且在那下方新增名字資料夾，將遺物放進那裡。如果有遺族，之後把物品交給他們吧。忽然間想起來，我剪下兩人的頭髮各一撮新增到遺物裡頭。

回收的鞋子讓波奇和小玉穿上。

體格最好的莉薩留待下一次。因為在這條路前方有個巨蛇的房間，那裡應該殘留著剛才年輕男子的鞋子，所以不會讓她等太久吧。

即使威力薄弱，讓她們嘗試攻擊的實驗似乎成功了。小玉和莉薩上昇了一級，波奇則是兩級。

而她們的技能好像是等級一旦提昇，便能自動學會的樣子。波奇取得投擲技能，小玉是收集技能，莉薩是解體技能。

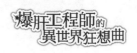

呃，莉薩的技能充滿違和感。

長槍分明是以白色來顯示，解體卻變成灰色顯示。波奇和小玉的技能也是灰色。

假設與我的技能顯示相同，是還未被設定成有效的緣故吧？若是被設定成有效，戰力就能一口氣變強，不過從我這裡只能看見情報，不能像家用主機遊戲般調整隊伍成員技能的配置。

反正到達出口前有一百間以上的房間，一步一步搞清楚吧。

我帶著獸娘們邁向下一個房間。

◆

從那之後經過了六個房間，仍舊未遇到活人。屍體都看到數次了。

「主人，魔核的回收結束了。」

「好，稍微暫停一下。」

我從水袋中喝了一口水，傳給莉薩她們。

不知何時，叫法從『小少爺』變成了『主人』。因為那個叫法比較好叫的樣子，就任由她去吧。

莉薩打算拔開水袋的塞子卻失手弄掉了，水從掉落的水袋裡灑出，形了水窪。

「非、非常抱歉！主人！」

莉薩拚命撿拾水袋。手的動作不太靈活。

說起來，方才的戰鬥中波奇與小玉的投擲命中率也很低哪！

「累了嗎？」

「非常抱歉！弄灑了寶貴的水，要怎麼樣都可以，請懲罰我。」

太誇張了——不對，莉薩好像是真心覺得犯了大錯。

我沒有說過這是無限供水的水袋嗎？我想妳們也差不多該注意到了。

比起那種事，倒不如確認她們的身體狀況。

「莉薩，水再取就有了。先不管那個，身體沒有不舒服嗎？」

「非常抱歉，從剛才開始身體就很沉重，無法隨心所欲行動。」

波奇和小玉似乎連喝水的力氣都沒有，咚地癱倒在地。

「不只是小憩，我們就先休息一陣子吧。」

我抱起波奇和小玉，依序給她們喝水。

餅乾沒有剩了，於是我取出儲倉裡的切片肉乾。

從最初戰利品中的保鮮食物裡挑選了相對看起來好吃的東西，雖然是名為天鹿這類沒聽過的動物肉乾，但既然有鹿字就沒問題吧。

感覺三個人都輸給了瞌睡蟲，不過是因為肚子餓了嗎？一把肉乾端到眼前，她們便以連手指都要啃光的氣勢狼吞虎嚥起來。

「好吃好吃～？」

「真美味！」

「啊，是肉乾。咬下去的時候鮮味在嘴巴裡擴散，非常幸福。」

不，我倒不覺得是好吃到那種地步的東西。

「肉乾？好吃～」

「很好吃的！肉最厲害喲！」

莉薩依然在口中津津有味地咀嚼最開始的一片。是有多喜歡肉啊。

肉乾共有幾十公斤，因此我分配適當的份量給三個人吃。

「吃完以後，睡個三小時。」

波奇和小玉以看起來彷彿很幸福的表情，在我的身邊縮成一團進入夢鄉。莉薩則在似乎能守護兩人的位置上落坐。

「要野營的話我來。」

莉薩向我如此提出，但卻是一副完全無法保持清醒的神色。我再次命令她去睡覺，她總算放鬆地躺下睡著了。

在三人睡覺的期間我觀察她們的角色狀態。

開始休息後的一個半小時左右，原為灰色的技能變成了白色。

感覺上是睡眠中才把昇級反映在身體上。

簡直就像迷宮遊戲的經典名作，處於馬廄之外的話就會老化，令人不禁打寒顫。

話雖如此，為什麼三人憑藉昇級，技能就增加了？像我一樣依據某個行動立即就能學會，這件事情不普遍嗎？

我們又突破了好幾個房間。之前休息的時候，在上昇了三個等級的狀態下拚到極限，所以再突破兩個房間後就休息比較好。

「停下來！」

小玉警告時沒有拖長語調真稀奇。

但是前方沒有敵人啊？

「怎麼了？」

「地面～很怪？」

被以問句回話了。是有什麼很怪，但我可不知道很怪的是什麼啊？我目不轉睛凝視著，地面的質感確實不同。

在用雙眼理解其不同之處以前，ＡＲ顯示竟出現了「陷阱：生命吸收」。

既然是迷宮，陷阱也是有的吧。因為到目前為止都沒有遇過陷阱，它便從我的意識之中消逝了。

「做得好，小玉——那裡有陷阱，要注意！」

「系的！」

我撫摸小玉的頭與貓耳，台詞的後半是針對波奇與莉薩所給予的警告。

我讓三人退後，嘗試朝有陷阱的地方丟石頭，卻沒有啟動。從陷阱的名字來思考，是只對生物有反應吧。

至於啟動的範圍並未顯示，因此我不曉得穿越旁側是否安全。更別提要讓獸娘的某一人嘗試去踩。

即使在地圖上確認，也沒有能繞道的路。

既然對生命有反應，可不可以用魔物來誘導呢？

幸虧，在這條通路稍前一些的房間有數隻老鼠魔物，遠距離丟石頭以聲音誘出來看看吧。

我從小玉那裡拿取石頭，嘗試連續丟了三顆。

「老鼠來了～」

接收到小玉的報告，我讓三人退後。這裡的老鼠為十級且能力很弱，但是卻以二到四隻的團體方式行動。說不定也會有突破陷阱的傢伙，因此我稍微拉開一段距離。

老鼠與其說是被陷阱，不如說是在裡面被黑色火花逮住。結果看來，三隻老鼠全部都中了，這條通路上似乎被設置了多達三個陷阱。

＞獲得技能「解除陷阱」。
＞獲得技能「利用陷阱」。
＞獲得技能「發現陷阱」。

陷阱系的技能各式各樣且看似頗有用處，我立即分配技能點數設定成有效。

◆

莉薩使出渾身力氣向著巨大青蛙的嘴巴施放刺擊。

波奇用棍棒從側方飛撲打擊吸引注意力，小玉則從另一側用短劍刺入青蛙的大眼給予致命一擊。

「很好！做得很棒！」

「是！」

「系～」

「喲！」

我稱讚三人第一次只靠自己便幹掉魔物。

對方單體只有等級十級，特殊攻擊僅有舌頭束縛，因此我試著讓她們攻擊看看，似乎游刃有餘。果然獸人的戰鬥能力比同等級的人族還要高吧！

眼前的大廳在長度及高度上，有至今為只的房間三倍大。雖然如此寬廣，可能有其他敵人在其中，但雷達上並未顯示出光點。

這個大廳的尾端有間房子，正確來說是被整齊地垂直切成兩半的房子。恐怕是迷宮建造之際被捲入的房子吧！可惜的是雷達上並沒有人影。

莉薩在解體青蛙，波奇與小玉則戒備著出口。

這回輪到莉薩解體嗎？由於也事關技能，我一直讓她們以輪流的方式替換職責。

「波奇、小玉，我們去那間房子調查，跟上來。」

在地圖上確認過了，周邊沒有敵人所以不需要戒備了吧！我帶著兩人走向房屋。

房子裡沒有活人也沒有屍體，卻有各式各樣的物品。看起來是如同資產家的祕密小屋一樣的地方。

一進入屋內，照明設施便自動點亮。是施了魔法嗎？好像能取下來的樣子，我取下一個燈泡，卻即刻熄滅了。是專門用於擺設的吧。

目光先行對上的是被懸掛在牆上的兩把儀式用短劍，我試著以ＡＲ顯示去確認，意料之外地具備不賴的攻擊力，是很實用的東西。反正尺寸也很順手，讓波奇和小玉用吧！

非常老套地，我發現牆壁上掛著的畫後方有隱藏保險箱，於是以魔法槍射擊開鎖，檢查裡面。除了裝著金幣的袋子與寶石，尚有名為龍鱗粉的魔法素材裝在幾支小瓶子裡。

持有者是煉金術師嗎？

彷彿要證實我的推測般，我們在別的地方發現了幾瓶回復魔法藥，果然沒錯。

此外，還在書架上找到了幾本魔法書及一個魔法卷軸。

我雖然不知道卷軸的使用方法，可是一起排放著的某本書中似乎有說明。在獸娘們小睡片刻之際，再細讀查詢看看使用方法吧！

我回收了體積大的寶石飾品，但美術品之類的大型物件則棄之不理。畢竟儘管儲倉是無限制儲存，但無意義地收納的話整理很費時。

美術品之中唯獨有兩個標本座台留下來。

雖然不關我的事但這是在修理中吧？若是奇幻生物的標本還真想看看。

>獲得技能「發掘」。

>獲得技能「發現寶物」。

>獲得技能「寶箱開鎖」。

在廚房發現了點火魔具。魔法物品就只有這個，不過我決定把平底鍋、湯鍋及四人份餐具放入麻布袋裡帶走。

由於有裝滿水的水瓶，作為和其他人會合時的準備，我將在儲倉中取出的普通水袋裡也補滿了水。

其他還有多不勝數、酒壺大小的素燒陶器小瓶，我倒入油，做成臨時的火焰瓶，收進儲倉內。

「這裡，有肉乾的味道！喲——」

波奇以歌唱般的聲調向我報告，於是我走向那裡。倒塌的家具另一邊似乎有食材庫，波奇和小玉一頭鑽入家具間的縫隙。

因為很危險，我便讓她們退後，接著依序搬動家具製造進入的空間。

在食材庫中，發現了三大塊黑麵包、起司和燻製肉塊。其餘尚有看似裝了高級紅酒的木桶，我遂趁兩人被肉吸引注意力的時候回收到儲倉中。

「波奇、小玉，要嚐嚐看味道嗎？」

「系～」

「要喲！」

用AR顯示確認沒有有腐壞後，我遂把起司與燻肉各切一片遞給波奇和小玉。

「美味美味～」

「哈嗚～好吃到覺得很幸福喲！」

波奇和小玉是覺得光搖尾巴還不夠嗎？竟然揮舞著緊抓食物的手來表現喜悅。

我也嘗試吃了一小片起司，非常好吃，如同切達起司的濃厚味道。

「剩下的和莉薩一起吃吧！」

「莉薩會很高興～」

「沒錯喲！也要給莉薩吃！」

我把裝著食材的袋子給小玉、裝著武器與小物的袋子給波奇拿，我則抱著水瓶與盆子與兩人一同回到莉薩等待著的大廳。

一走出去，魔核的回收似乎結束了，莉薩正朝向這裡過來。

「主人，我有個請求……我想要生火可以嗎？」

「在地底下生火？理由是什麼？」

莉薩積極地提出要求，因此我試著詢問原因。

「我想要烤那隻青蛙的肉來吃……對不起。」

「不用道歉沒關係，但能吃嗎？」

「是的，沒有問題。以前，我曾經解體過同種類的巨大青蛙來吃，雖然內臟有毒，但避開那裡就不要緊。只是不火烤的話，會有中毒的危險，所以……」

莉薩稍微支吾了一會兒之後，回答道。

縱使在地底下，仍有空氣流動，況且已經接近地表許多了，不必擔心缺氧。

「好，我答應你。」

莉薩指示波奇和小玉解體青蛙腿肉，自己則從袋子裡取出木片與木屑一一排列。原來如此，為了這種時候而在途中的房間把每回找到的木片收集起來了嗎？

我阻止莉薩使用打火石點火，並拿出剛才的點火魔具來點著火苗。

這樣的點火道具，撇開構造不談，是以誰都能夠使用的目的所製成。

我把從房子回收的廚具與餐具遞給莉薩。

不一會兒工夫，波奇與小玉遂把腿肉舉在頭頂回來了。

「肉～」

「喲～」

看起來比剛才的燻製肉還要高興，是野生本能在蠢蠢欲動嗎？

莉薩切開肉片，排列在平底鍋上開始煎起來。

首先她放上脂肪多的部分讓平底鍋沾滿油脂，再拿掉那塊脂肪，然後開始煎肉。有彷彿煎雞肉的味道飄散過來，光聞起來其實很美味。

不知是不是等不及了，波奇與小玉瞇起雙眼，欷欷地吸著鼻子。

須臾間，青蛙肉煎好了，莉薩把煎好的肉刺在木棍上，伸手遞給了我。

果然，不吃不行？不行的吧——

「謝謝，莉薩。」

我抱持覺悟吃下——有像雞肉般的清淡口感，說實話沒什麼味道。沒辦法，只能用鹽巴調味了嗎？去房子裡尋找調味料也很麻煩，我試著找看看儲倉裡面，卻沒有胡椒粉。

眼巴巴望著我吃的三個人。

對喔，在等我許可嗎？

「不要看了，吃吧。不好好吃東西和休息的話，逃出迷宮之前會撐不住的喔！」

取得了許可，波奇與小玉開始吃平底鍋上的肉，莉薩也不光是煎，好好地進食著。是偶爾混入了帶骨肉的關係嗎？交雜著喀吱喀吱的厲害聲響，不過大家都很美味似的吃著。

我旁觀著她們，緩緩吃起黑麵包、起司和燻製肉。

不，就算好吃，青蛙還是有點……

從那之後三十分鐘，重複了三輪解體、煎肉、吃肉的動作，在燃料燒盡之際，宴會結束了。

我依照莉薩的提議，決定以防萬一把一塊肉用布包起來帶走。

和之前經驗相同的話，似乎再兩三戰就會弄壞身體，趁吃飽的期間我下令讓她們休息，這是第三次了。

我用帶來的盆子讓三人洗個澡，並讓她們換上房屋裡找到的新衣服後睡覺。

雖然一戰鬥很快就會髒了，但清潔過後再睡會比較舒服吧？

大致上開始習慣我了嗎。波奇和小玉把我的膝蓋當作枕頭睡，莉薩不至於把我當枕頭，但在我的身旁縮成了一團。

對了，在三個人睡覺期間，調查回收而來的魔法書吧？

我一確認收納在儲倉內的魔法書，便立即新增了「閱覽」的項目，於是我加以選擇。看來就和遊戲一樣，對還收納在儲倉裡的書，可以使用閱讀的功能。

說起來至今不曾感到疑惑，主選單畫面在昏暗的場所也能清晰看見，是直接投影在視網膜上，還是建構在大腦裡，究竟是哪種。

該不會——我靈光一閃搜尋了一下，與遊戲相同，開啟的書籍文字列是可以搜尋的。怎麼這麼方便！簡直不需要ＯＣＲ（註：Optical Character Recognition，光學文字辨識）！

卷軸的事情，在魔法書其中之一僅僅記載了數行說明。

根據這樣看來，只要攤開卷軸，念誦魔法名稱就能夠使用。

方才所發現的卷軸似乎能夠使用名為「小火焰彈」的火系攻擊魔法。這雖然是火系魔法，卻是一開始便能學會的那種程度的初級攻擊魔法。

多虧這個發現，大家睡著的時候，我可以藉著讀書來打發時間。

◆

憑著又一次的休息，我們已跋涉了往迷宮出口的路程八成有餘。

波奇與小玉的裝備換成了在之前祕密小屋所找到的儀式用短劍及小盾牌。

裝備的變更儘管只有那樣，但三個人皆上昇到十三級。波奇獲得「單手劍」、「投擲」、「索敵」、「解體」技能；小玉獲得「單手劍」、「投擲」、「收集」、「解體」技能；莉薩獲得「長槍」、「突刺」、「料理」、「解體」技能。

與最初相比可謂是達到天壤之別的戰力強化程度。

若是不具備異常狀態攻擊技能的敵人，即使是高五個等級的對手，單靠三個人就能夠打敗。由於沒有可擔任肉盾的人在，碰上複數敵人的話，不是同等級左右的就會很危險，但這也構成不了威脅。

通道前端發現了史萊姆。並不是國民遊戲裡出現的水滴系傢伙，而是像變形蟲一樣、黏液性質的古典風史萊姆。

因為機會難得，我試用了火魔法的捲軸。

按照魔法書的記述使用了「小火焰彈」卷軸，指尖程度的小巧火焰彈出現了，並以小孩丟球程度的速度向史萊姆飛去。

命中史萊姆的火焰彈，僅燃燒了些許黏液的表面遂消失了，我也確認了一下史萊姆的體力計量表，看來只有削弱了那麼一點點。等級十的史萊姆對手，用這個是沒有用的。

由於使用小火焰彈的時候獲得了火魔法技能，沒魚蝦也好。

可以使用的魔法一覽表裡也新增了小火焰彈。

畢竟，以魔法效能來考量，魔法槍能遠距離使用，較為稱心如意，小火焰彈魔法就當作沒這回事吧！沒有點火道具的時候倒好像能幫得上忙。

不知是否誤會我很沮喪，莉薩向我提出建議。

「主人，恕我僭越，要攻擊史萊姆的話，得瞄準核心。」

「什麼意思？」

「顏色有點不一樣的地方就是核心。」

和魔核是不同的嗎？話說回來，明明是半透明狀卻看不見紅色的魔核，所以史萊姆不是魔物嗎？

撇開這點，我仔細瞧著莉薩所指的地方，確實有約莫半個拳頭大小，顏色濃郁之處。

「史萊姆只要對準核心——」

在我們進行悠閒對話之際，莉薩僅憑長槍的一個刺擊便打倒了仍舊滑溜溜地接近的史萊姆。

「——就能像這樣簡單地打倒。」

「沒得出場了～」

「萎縮融化了喲。」

對攻擊史萊姆幹勁十足的波奇和小玉，因為沒有出場機會而感到很失望。不對，波奇似乎覺得史萊姆變成一攤水的形狀很可惜，她用短劍噗嗤噗嗤地朝著水灘戳來戳去。

話雖如此，上上次的休息以來，豈止是生存者，連屍體都沒有見著半具。大集團是還健在，小集團有一部分被除掉了，是被魔物幹掉了吧。

「那道牆——很怪？」

小玉在房間牆壁上找到了有違和感的地方。

是暗門。在地圖上確認，那背後確實是有通道。

不過，有一點奇怪。我旋轉地圖的顯示，試著以俯瞰視點確認。

那條通道從十五公尺上方的房間垂直往正下方三百公尺左右延續，與其說是垂直洞穴，不如說因為直徑只有三公尺，所以是掉落洞穴類的陷阱？

要是遊戲的話，這就是被用來設置前往深處的捷徑電梯。

馬馬虎虎接近會很危險，因此我指示小玉用黑炭做上記號。

出了這個房間前方有十字路口，在其正前方深處的房間內有三名生存者。因為一小時前休息的時候他們也在那裡，看來是滯留在安全地帶。

再過五個房間就是出口，不過他們沒有地圖也不會知道，所以才無計可施吧。

「大家停下！」

雷達上顯示敵人的紅點，以快得不得了的速度接近，反正只有 隻，就在剛才的房間迎擊吧！

邊後退邊調查敵人的資料。

死獸，不死族。弱點：聖屬性。擁有立體機動與疾馳技能。

繼續觀看情報後稍微嚇了一跳。

「等級竟然有四十……？」

比至今為止看到的任何敵人都還強，是迷宮的掃蕩者嗎？

好像很古老的遊戲哪！時間一到，只為了殺死玩家而登場、異常強勁的敵人之類的。

我催促著三人，總算在接觸到敵人之前回到房間。我讓大夥兒在房間角落避難。這傢伙可不是省油的燈，如果讓她們胡亂前去戰鬥，會被秒殺。

那傢伙從通道那裡現身，有著身長五公尺、高兩公尺的巨軀，額頭上長了如紅寶石般的紅角，如黑豹般的魔物。

——死獸從視野裡消失無蹤。

我慌張地在地圖確認，位置卻絲毫沒變。

是從上而來的攻擊！牠跳躍後藉著踩踏天花板，用身體衝撞嗎！

我的肩膀受到那傢伙的雙腳踢擊，感覺背朝下把房間地板撞出了裂縫，如果進入迷宮時沒有開啟痛苦抗性會很淒慘呢！

話雖如此，明明是不死系，動作居然這麼快是怎樣！貿然讓牠在空中飛上飛下的話，也許我就保護不了獸娘們了。我以兩手緊緊束縛住那傢伙的腳。

——不知是不是某個技能的影響，我在意起了剛才的暗門。

對死獸來說是沒有痛覺的嗎？就算用手指捏破了牠的腳，依舊不當一回事進行啃咬攻擊。

被這麼巨大的牙齒咬噬，我可是敬謝不敏。

我將那傢伙的腹部往上踢，以巴投（註：巴投げ，柔道中的「拋摔」技巧，抓住對手的身體後仰，將對手從上往後方拋摔）的訣竅，將牠甩到牆壁上。

死獸降落在牆上——想要反擊而在腳上聚集力氣——就那樣穿破牆壁掉了下去。

擁有利用陷阱技能真是救了一命。

◆

好啦，去和生存者們會合吧？

一越過十字路口，地面上被鋪滿白色有黏性的線。

「黏答答～」

「腳黏住了喲。」

「是蜘蛛的絲嗎？」

愈靠近房間愈增厚的蜘蛛絲，我讓波奇與小玉以短劍幫忙切斷。

房間裡有七個繭一般的東西，生存者應該在那之中的三個裡。趁蜘蛛不在之時救他們出來吧？

一接近繭，大概是注意到了我們，裡頭的人掙扎了起來。

在救助之前姑且先確認一下裡面吧！

尼多廉。奴隸商人，四十歲，等級：十一，擁有「交涉」、「訓練」、「算數」技能。

金．貝爾頓子爵。貴族，三十三歲，等級：十五，持有「火魔法」、「炎魔法」、「社交」技能。好像正在做軍隊的魔法師相關的顧問。

剩下的一個人是無業的年輕人，三等，沒有技能。是尼特族嗎？

子爵看來能成為戰力，不過為何貴族會在那樣的廣場裡？

總之，我決定分工合作救他們出來。我救子爵，讓莉薩救商人、波奇和小玉則負責救年輕人。

在將受害者包覆住的繭層層剝開到一半之際，雷達捕捉到了蜘蛛由下方接近而來的訊息。這裡也有和方才收拾死獸一樣的洞穴。

「是敵人！波奇、小玉、莉薩，暫時停止救援，準備迎擊！」

獸娘們迅速拿出武器擺好迎擊的準備，不愧是持續一場接一場戰鬥的結果，也習慣了同心協力。

欲救援的人們的臉仍然隱藏著真是不幸中的大幸，只要不大吵大鬧就好。

蜘蛛從地上的洞穴中爬出來。

我首先向頭部丟出小石頭吸引牠的注意，接著莉薩穿刺蜘蛛的頭部阻擾行動，波奇和小玉則用短劍刺進軀幹接縫處。

攻擊第一下就能打死的話，便再輕鬆不過。但是牠被貫穿了頭部仍然沒有立即死亡，不愧是魔物。

莉薩平拿長槍以防禦蜘蛛向上舉起的前腳，波奇與小玉趁隙用短劍不斷戳刺，削弱蜘蛛的體力。

看來要花費很多時間的樣子，我偷偷摸摸地用手指頭彈出錢幣射穿心臟給予致命一擊。

由於配合了莉薩出擊的時機，並沒有被任何人注意到。

魔核的回收交給小玉，我們回去救助其他的成員。

「幫了大忙啊。我是王祖大和大人那代就開始延續下來的名門，貝爾頓子爵家的當家之主，金．貝爾頓。要是能從這裡逃脫，獎賞不會虧待你的！」

「謝謝，子爵大人，我是旅行商人，名叫佐藤。」

在彼此自我介紹結束後，子爵的救援也完成了。我把水袋遞給子爵，遂去幫忙救援其他的人。

「謝謝你們救了我，我叫作尼多廉，是個商人。大概會被小姐們討厭，我在做奴隸的買賣。」

「我是遠道而來的旅行商人，名叫佐藤。」

「旅行商人嗎？我還以為你鐵定是冒險者。」

我一面向尼多廉遞出水，一面問道：

「冒險者這個職業我第一次聽到，是怎麼樣的人呢？」

「是……啊啊！希嘉王國的說法是『探索者』嗎？是在迷宮打倒魔物、獲取魔核與財寶、很有賺頭卻經常與死亡為伍的危險行業哪！」

原來如此，也有像遊戲一樣的職業啊？

「嘖，獸人不要碰我。把那把短劍給我，我自己來！」

「不、不行喲。這把短劍是主人的喲。」

「妳說什麼！獸人居然這麼囂張！」

波奇被欲救援的年輕人找碴，我便過去幫忙。

不過，真是跋扈的傢伙。我對那頭金髮有印象，是之前在東街踢飛搬運木柴的波奇的傢伙。

「波奇，回來。」

「是喲。」

我抱著被怒斥而淚眼汪汪的波奇，撫摸她的頭。她的臉在我的肚子蹭來蹭去，讓我覺得很癢，不過就隨她去吧！

「喂！還不快來救我！」

「抱歉，我不想救你。你就那樣在那個地方被魔物吃掉好了。一隻手已經可以動了啊，靠自己的力氣逃出來就好了嘛！」

當然，不是真心的。只是威嚇。

因為你讓波奇哭了，必須讓你嘗嘗嚇得屁滾尿流的滋味。

「喂！別開玩笑了！快來救我啊！」

「住嘴，平民。你再繼續胡鬧引來魔物的話，我就用火焰把你燒成木炭，連你的骨髓都燒得精光。」

貝爾頓子爵進一步喝斥了不明瞭立場、狂妄的年輕人。

明明很年輕，真是了不起的魄力。果然平常一向被僕人伺候著的人，終究是不一樣。

救出乖乖閉嘴的年輕人的責任，落到了尼多廉身上。他靈活地使用著自己的細短劍，一一切斷了絲。中途，他在年輕人的耳邊悄悄說了什麼，嘟囔著的年輕人便沉默無語。

薑是老的辣嗎？

我敬佩著，一邊收取小玉回收的紅色魔核。

「這裡的魔核等級很高哪！這種紅色魔核很少在市場上流通。」

據尼多廉說，魔核精製後能用來製作魔法物品，等級愈高，魔力運用的效率會愈好，可以創造出高品質的魔法道具。

我委託獸娘們從繭裡回收遺物，並在這期間給予救出的人們食材，當然不是給青蛙肉。

儘管子爵對簡單粗食有所抱怨，不過，是肚子餓的緣故嗎，他發揮了大胃王的實力。

由於在犧牲者的繭中找到了幾樣便宜的武器裝備，遂給了尼多廉和子爵。年輕人被尼多廉教誨後變得老實，因此我也未雨綢繆地給了他護身用的武器。這樣一來，戰鬥力就稍微增加了吧。

結果而言，我必須要說，這個主意太天真了。

「在這樣的小囉嘍們身上我沒有可以用的魔法，我的魔法只適用於強敵。」

「保護自己我還能想辦法做到，但作為戰力請不要把我算進去。」

子爵隨口找理由不使用魔法，尼多廉也宣言自己在戰力之外，撇得一乾二淨，並沒有參與戰鬥。

尼多廉就不管，但子爵的魔法我倒很期待哪！

比起這個，我更苦惱的是年輕人那邊。不知是不是取得了青銅製短劍和圓盾，氣焰高漲的緣故──

「嘿！獸人小鬼都可以戰鬥的話，我還強好幾倍咧！那種蜘蛛什麼的，我會把牠逼得跪地求饒！」

──他宣言道，往魔物突擊，被對方不費吹灰之力地橫砍下去。

對手只有一隻十級左右的骷髏士兵，在被給予致命攻擊以前，波奇插手用小盾牌擋下了骷髏士兵的棍棒，幫助了年輕人。

「莉薩，拜託了。」

「是。」

接受了我的命令，莉薩的長槍大顯神威。第一擊摧毀骷髏士兵的戰鬥姿勢，第二擊除掉持有武器的手臂，第三擊破壞了頭蓋骨。

明明原本就沒有眼珠子了，失去頭部的骷髏士兵卻以彷彿看不到的樣子，發動了亂七八糟的攻擊。波奇與小玉在此刻參戰，獸娘們懲治骷髏士兵的戰役單方面地完結了。

話雖如此，骷髏系的魔物是第一次看到，不過怎麼動的呢？魔核就是動力來源嗎？

我把照顧倒地呻吟的年輕人的角色，拜託了尼多廉。

「沒事吧？」

「嘖，我沒想到骷髏魔物是那樣的強敵。」

「你可能是肋骨斷了。」

我忽略罵著髒話的年輕人，詢問奴隸商人的診斷。肋骨斷了這件事，不移動他會比較好吧？但是該怎麼辦？

「好痛！我會就這樣死掉嗎？」

「如果波奇沒有幫你，你會被棍棒打破頭殼而當場死亡呢！」

因為他對救命恩人波奇，別說是對先前的事道歉，連一句謝謝都沒有說。我可不打算去迎合他的懦弱。

「可惡！可惡！可惡！我會活下去。怎麼能在這種地方死掉？」

年輕人一邊從嘴角噴出鮮血，一邊吐露充滿怨氣的話語。

「哼，如果自己沒辦法走就捨棄他吧！現在和來鎮壓的軍隊那群人會合比較重要。平民，匹夫之勇的後果就是死。當作是自作自受，放棄吧！」

嗚喔，子爵好冷酷喔！他和我不同，是說真的唷。

波奇和小玉從下方發出「幫幫他嘛」的眼神攻勢抬頭看著我，我遂無可奈何決定使用絕招。

「請用這個藥。」

「這是？」

「是魔法藥。」

「魔法藥！」

我不明白他為何被魔法藥這句話給嚇了一大跳，但由於是在應是煉金術師的人的祕密小屋裡找到的東西，效果我無法保證。

感謝波奇和小玉的善良就行了，如果不是兩人懇求我，我想我一定不會把這瓶藥拿出來。

年輕人戰戰兢兢地將藥含入口中，結果卻發生令人吃驚的急遽變化。

直至方才為止都在呻吟的年輕人，喝了魔法藥後連一分鐘都不到，便說著：「我好了！」站了起來。完全是與遊戲旗鼓相當的速效性。我覺得有那麼一丁點噁心。

「中級的魔法藥是一瓶要價三枚金幣的高級品喔？竟然讓不認得它的年輕人喝下，哎呀，你還真是怪人。」

奴隸商人告知了比市場行情還要稍高的金額，回復血色的年輕人的臉隨即又變青了。

雖然沒有打算跟他要錢，但我特地不做回應，任由他去。

◆

前方的鼓譟聲響傳到了因順風耳技能而變得敏銳的耳朵裡。

潔娜所在的集團正與史萊姆在交戰當中。不過，不僅沒有殲滅史萊姆，反而還進入了滿是史萊姆的大廳，再怎麼說都太不小心了。

「戰鬥～」

「從那裡能聽見戰鬥的聲音喲！」

波奇和小玉也聽得見的樣子，指出聲音的方向對我稟報。

我對報告點了個頭，對子爵們傳達打頭陣的事。

「這前面似乎有誰正在戰鬥，我們會打頭陣，大家就請一邊戒備後方，一邊跟在我們後面。」

子爵正要說些什麼，我不予理會便飛奔出去。

縱使潔娜好像並未負傷，但魔力的殘留量很少，我很擔心的啊！

從潔娜他們所在的大廳入口，有束腰上衣打扮的男子們跌滾了出來。

「嗚哇！不要過來！」

「好熱，燒起來了，啊，我不想死啊！」

最後的男子被史萊姆以全身從上往下撲倒，他死命地伸手請求救助，周圍的男子們卻驚慌失措地淨是倒退，沒有任何一個採取救援行動的人。

「波奇、小玉，從袋子裡拿出火把。」

「系的～」

「是喲！」

我用點火魔具點燃兩人拿出的火把，並也拿走了一支已點燃的火把。

「用這個牽制住史萊姆的行動，從那個人身上把牠剝開。莉薩，妳瞄準史萊姆的核心收拾牠，打倒之後把後續交給他們，跟上我。」

我確認了三人的回答，便衝進大廳裡。

雖然只留下獸娘們就走是很擔心，但是有知曉打倒史萊姆方法的莉薩在一起，所以能輕鬆得勝吧？畢竟還有火把在。

我依循雷達上顯示的潔娜的標記，在與史萊姆持續混戰的人群之間奔馳穿梭。

有了！我看到更進一步護著保護巫女的女神官們、果敢地用長杖毆打史萊姆的潔娜身影。用法杖在戰鬥就代表魔力不知不覺間已經枯竭了嗎。

我原本想要從遠距離以錢幣狙擊史萊姆的核心，但角度太差。如果貿然下手會打中後面的女神官。

史萊姆打算纏住長杖奪走，將潔娜撲倒。

潔娜發出了苦悶的聲音！

現在，我要上了！

我一邊奔跑一邊解開外套的鈕釦，鋪蓋在包覆住潔娜的史萊姆上方，隔著外套把史萊姆拉扯開。

徒留潔娜短暫的悲鳴與布撕裂的聲響，我成功地把史萊姆丟到後方。我以火把一邊牽制，一邊丟擲出場次數很少的小刀，破壞了史萊姆的核心將之擊倒。

「妳沒事吧？」

我轉頭詢問她是否安好——差一點在話裡顯現出驚異之情。

由於無禮的史萊姆，潔娜的上衣大幅度地撕裂開來，附帶連背心也溶解掉了。

嗯，也就是說，隱藏住潔娜些許女人味的東西，全都不見了。

本人在剛逃出劫難的狀態下，還沒有注意到這件事的樣子。

直勾勾地望著她也很不好，我經由背包從儲倉裡取出乾淨的布，擋住潔娜的前方。

「呀！謝謝──佐藤先生！」

用我遞過去的布遮掩胸口，然後才首度注意到我的存在的潔娜，發出驚訝的聲音抱了過來。

特地準備的布會掉下來喔？

「佐藤先生！太好了，你沒事！」

我覺得我們的關係沒有親密到那種地步，但是被可愛的女孩子抱住，我歡迎之至。畢竟重逢的高興情緒，我也一樣。

在潔娜尚未回神的期間，我本想要享受這柔軟的觸感，但四周哀鴻遍野，因此還是分清TPO克制一下吧！

在潔娜背後受保護的巫女走了過來。

咦？說起來，為什麼巴里恩神殿的巫女會在這種地方？因為說要出診去西街，在回程的路上被迷宮騷動給捲進來了嗎？

「潔娜，慶祝重逢這事之後再說。暫且以擊退魔物為優先。」

「啊，對、對不起。我真是的。」

「不會不會，妳對重逢那麼高興我也很開心。」

女神官被巫女指示將掉落在腳下的布撿起來遞給潔娜。

我一邊欣賞著看起來很害羞、手忙腳亂地合緊上衣前方同時收下布料的潔娜，一邊移動視線到巫女身上。

「方才看見了你的技術，你知道那個魔物的弱點對吧？」

「是的，因為史萊姆身上有核心，擊中那裡的話就能打敗牠。」

「不愧是佐藤先生，不只身輕如燕，知識還很淵博呢！」

「不，是莉薩告訴我的喔！」

「是、是女性嗎？」

潔娜聽見莉薩的名字後便逼近過來，話說，因為是在迷宮中才取名的，所以她還不知道莉薩的名字。

「質問外遇的事之後再說。史萊姆核心這東西有辨別的訣竅嗎？」

巫女說我外遇。不僅毫無根據，大眾觀感實在差勁。

罷了，那方面的誤解之後再說明。

「有的，顏色不同，且一旦拿火把靠近，牠會很討厭以致於讓核心避開。因此只要知道有核心的這件事，應該就能夠分辨。」

「潔娜，能使用『風之耳語』嗎？」

「不好意思，魔力用盡了，暫時沒有辦法。」

我豐沛的魔力毫無用處，要是能讓渡出去就好了。話雖如此，魔力的恢復量是人各有別嗎？這些女孩們的魔力維持著枯竭狀態，沒有恢復跡象。

哎呀，之後再解析吧。若發出很大的聲音，能不能取得什麼對傳達很便利的技能呢？

我狂吸入空氣充滿肺部，在肚子上集聚力量吶喊。

「瞄準史萊姆的核心！」

＞獲得技能「擴音」。

職業身分上，很少有能大聲吶喊的機會的緣故吧？聲音有一點反彈回來了，不過順利地獲得了技能。我分配點數到技能上之後，再次大叫：要瞄準史萊姆的核心，並附加了補充說明。

明明是很簡短的說明，卻完整地傳達給了士兵們，他們確實開始擊退史萊姆。雖然也是因為他們很優秀，但說不定是指揮技能與吶喊聲發揮了加乘效果的緣故。

藏身在附近隱蔽處往這裡接近的史萊姆，被追上來的莉薩她們三兩下打倒了。

士兵們看起來是不要緊，不過幾個民間人士團體被逼入險境，因此我帶著莉薩她們前去救援。離開之前，將火把寄放在女神官那裡。儘管她們的周遭沒有史萊姆，但以防萬一。

波奇和小玉用火把牽制、莉薩用長槍刺擊，以這樣的必勝模式穩妥地一一收拾掉史萊姆。

我的角色唯有叫住對獸人們的出現感到驚嚇不已的人們，並安撫他們而已。

哎呀！輕鬆真好。

在收拾史萊姆們的行動大致上準備結束時，我走向潔娜她們所在的地方。

不知何時，尼多廉與貝爾頓子爵們也來到了大廳。他們也找到了認識的人，對重逢感到很歡欣。

「佐藤大人，感謝您方才的幫助。」

「不會，有趕上就好。」

一回到潔娜她們所在之處，戒備著四周的女神官便向我道謝。

巫女和潔娜以坐姿狀態閉上眼睛。

是在冥想嗎？

雖然是猜的，但恐怕那是容易恢復魔力的姿勢吧？比起剛才，魔力明顯回復了。

我一邊欣賞著靜靜冥想的潔娜與巫女的側臉，一邊把目光放在周邊。

陷入迷宮的共五十名軍隊士兵中，有超過七成在這裡。約有七名死亡，五名與其他集團在一起。

不僅僅是軍隊的士兵們，方才跌出通道的一般民眾也有二十人左右待在一起。

還有一個女神官在巫女身旁集合了受傷人員，多半是要使用範圍回復魔法，因此我們移動到了稍微遠一點的場所。

魔力多少有些回復的巫女，念誦了冗長的咒語。

由於是要花費多達兩三分鐘的詠唱，看起來很無聊的波奇與小玉打了個大大的哈欠。

是想睡了嗎？

「……■■■　範圍恢復。」

一完成了咒語，有道柔和的光芒隨即以圓錐狀灑落在以巫女為中心的周圍的人們身上。

光源是在哪裡呢？因為很在意，我便試著稍稍觸摸了一下光芒。

∨獲得技能「神聖魔法：巴里恩教」。

喔喔，只憑觸摸就可以獲得了，感覺真是有夠簡單。

幾乎所有的人都因為現在的魔法而治好了的樣子。

巫女因為這個範圍回復魔法而用盡了魔力，由同行的女神官們對需要治療的人追加施展回復魔法，忙得四處打轉。

結束冥想的潔娜，邊用扁梳梳整頭髮邊向我搭話。

「但是，沒事真的是太好了。」

「是啊，多虧這些孩子們幫了大忙喔！」

我對為我感到開心的潔娜，重新介紹了獸娘們。

「啊，是那個時候的亞人小孩子們吧。」

「波奇喲。」

「小玉～」

「我叫作莉薩。」

波奇和小玉很怕生，以最小限度自我介紹完後，便躲藏到我的身後。

「在地上時小姐保護我們不被投石所傷，真的萬分感謝，如果沒有小姐的魔法，我和這些孩子們都沒辦法存活下去。」

莉薩像是想起暴動時候受到保護的事情，向潔娜行了最敬禮表達感謝之意。

「感謝～」

「謝謝喲。」

「呵呵，不客氣。」

因莉薩的話而想起來了嗎？波奇與小玉從我身後走出來，鞠躬行禮，之後立刻躲到我身後的模樣真是可愛。

「對了，佐藤先生，這前面也許和出口相通。」

「是那樣嗎？用魔法知道的？」

「是的，因為我有叫作『風之道』，調查空氣流動的魔法。」

潔娜以氣音悄悄告訴了我。

「可是啊，以空氣的流動來判斷，不知道是否有人能通過的路。現在偵查兵正前往調查，再等一下吧。」

「好的，靜待好消息。」

那個偵查兵出發後沒多久，便有史萊姆從天花板掉落下來，似乎變成了早先的事態。

等待的期間，我觀察四周。一般民眾都聚集在房間角落休息。

子爵正在跟看起來像是鎮壓部隊隊長的騎士說著什麼。希望他下次會讓火焰魔法派上用場。

離開這前方的大廳，後續僅有一個直達出口的長迴廊延續著，不過那個大廳裡有一點問題。

彷彿技巧拙劣的GM所製作的，那是一間絕對無法迴避的殺人房間。

三十隻等級十到十五的骷髏士兵，以士兵們和子爵的魔法還有辦法做點什麼，但是難纏的敵人約有三隻。

等級三十的骸骨騎士、骸骨戰士、死神骸骨共三隻。

特別是死神骸骨擁有即死攻擊技能，因此不得大意。若能有像遊戲一般擊退惡靈的淨化魔法就會很輕鬆。

攻略方法就是等可能會使用該魔法的巫女和女神官們的魔力恢復。

出去調查大廳的偵查兵回來了，把和方才我調查過的同樣情報向隊長報告。隊長則集合軍隊的幹部、巫女和子爵，以討論戰術。

等得累了的波奇和小玉昏昏欲睡，因此我讓她們在我的膝蓋上小睡片刻，也讓莉薩在我身邊休息。

接著，在隊長的說明之後，戰鬥開始。我們在戰局之外。

他們選擇以子爵的魔法削弱骷髏士兵的體力，同時以潔娜的魔法分散敵人，再誘導到這裡的房間各個擊破的戰法。

要利用通道使情況變成少數對多數。

巫女們三人則在士兵的後方用淨化魔法作掩護。

一般民眾們被移動到前一個小房間，士兵以外的可戰鬥人才——獵人與商人的護衛們則保護他們不被在通道徘迴的魔物襲擊。

我們也一同到了小房間避難，但是現在卻正往外走。

因為我很討厭看起來像是剛才的年輕人同夥的那些傢伙們，用討厭亞人的抱怨聲和責罵聲傷害獸娘們。

奴隸商人尼多廉與其友人們幫我規勸了那樣說的傢伙，不過要我待在那坐立難安的氣氛裡，不如到戰場附近還比較好。

不知是否因為被救了一命，那個年輕人本身並沒有說獸娘們的壞話。消極而言，他似乎打算轉移責備的話題，卻沒達到任何效果。

我向尼多廉他們說聲謝謝以後便走出房間，決定待在變成戰場的大廳出口附近伺機而動。

從這裡的話，能夠很清晰地看見大廳裡面。

與骷髏房間之間是直線通道的關係吧，隱隱約約能瞧見在骷髏房間裡狂亂飛舞，宛如火焰的紅光。

「來了！長槍隊準備！」

因為猶如分隊長般的人的指揮，士兵們準備做出長槍陣的架式。

用魔法在那裡先發制人的子爵和潔娜二人依序衝進房間，再晚一些，輕裝的騎士回來了，而在他後面有滿坑滿谷的骷髏士兵。

兩名重裝騎士兩人在通道前方形成人牆，阻擋骷髏士兵們的進擊。

「槍兵！不要刺，用打的！」

由於分隊長的指示，無數長槍打在骷髏士兵們身上，確實削弱骷髏士兵的體力。

神官們的淨化魔法在此時插手攻擊，給予最後一擊。

看起來好像是對手體力減少時，攻擊就不容易被擋下的樣子。

「大隻的來了兩隻！奇果利隊長，拜託你了！」

「喔！柏札，一隻交給你。」

「包在我身上，隊長！我熱血沸騰了！」

等級最高、持有大劍的隊長，與等級第二高、把戰斧抬舉過頭的重裝戰士，負責了骸骨騎士與骸骨戰士。

他們擋下突破前線的兩隻大型骨骸，開始在離前線有些遠的位置戰鬥。

骸骨騎士的盾牌防禦了隊長的大劍，而骸骨戰士的棍棒與戰鬥狂重裝戰士的戰斧激烈地相互交擊。

「……■■■　風縛。」

為了要支援稍居劣勢，身為熱血戰鬥狂的重裝戰士，潔娜施展了阻礙骸骨戰士動作的魔法。

子爵交抱著手臂看似很不屑，卻沒有打算出手。

「……■■　淨化！」

此刻巫女的淨化魔法釋出，小囉嘍骨骸變回了一根根骨頭滾落一地，但大型骨骸們則做出了防禦。

即使如此仍然成功地威嚇到了對方，形勢有一點好轉。

「唔，注意這隻黑色的！這傢伙的大鐮刀能穿破盾牌！」

前線引發了動亂與血花四濺。

死神骸骨和其他的小嘍囉骨骸有著同樣身高、骨架漆黑的樣貌。武器大鐮刀就像是死神所拿的，不利打鬥的形狀，可是仍然穿過了騎士的盾牌，將鎧甲如紙片般撕裂。

構築前線的騎士們比死神骸骨低了十級以上。就這樣棄之不理的話，前線似乎遲早會潰不成軍。

我從口袋裡取出小劣幣，在手中把弄。

死神骸骨揮舞著大鐮刀，在與槍兵們相隔一段距離的那瞬間，我丟出了劣幣。目標是死神骸骨的腳踝關節。多虧了投擲技能與狙擊技能的幫助，我確實地貫穿了二十公尺前方的微小目標物。

由於瞄準了大鐮刀揮舞下去的一剎那，死神骨骸就這麼順勢跌倒在地上，正戰鬥著的士兵們應該會看成是攻勢太甚以致於跌倒。

騎士與士兵們不放過這個機會，用戰戟與長槍柄連續打擊，成功地破壞了握著大鐮刀的手臂關節。

這個同時，巫女的淨化魔法果斷地把死神骸骨擊碎成白骨片片，四處飛散。

儘管經過一番苦戰，卻沒有出現犧牲者，成功地收拾掉了骷髏們。

我們跟在避難人們的後方進入骷髏房間。

那裡是比方才的大廳寬廣數倍的空間，大約是兩個體育館合在一起的大小。

四周顯見裸露的岩質表面，地板如同鋪滿了天然岩石，地面高低起伏，行走不易。天花板很暗導致看不清楚，不過應該有十五公尺高。

往返地上的通道有著厚重的金屬大門阻擋，由於鎖住的關係，誰也打開不了。

騎士們用棍棒和戰戟破壞，卻只是讓噪音空虛地迴盪而已。

波奇和小玉雙手塞住耳朵，面帶困擾地瑟縮著身子。

噪音雖然持續了一會兒，但看來終究放棄了，決定要依賴魔法。

「貝爾頓子爵或潔娜的魔法能不能破壞？」

「用我的火焰是小事一樁，不過這裡就把功勞讓給年輕人吧！」

「我、我的魔法嗎？」

不想使用魔法的貝爾頓子爵，把話丟給了潔娜。

潔娜的氣槌只捲起了大門周邊的土壤，沒有任何效果。因為空氣很輕的關係，所以是對物效果很低的魔法系統吧？

等會安慰一下她吧！

接下來子爵的火焰之舌發動了，卻僅僅是把大門燒焦便結束了。

和那樣鬱悶的大門前人群不同，保有自我步調的小玉拉扯我的長袍衣袖，向我報告。

「主人——那個牆壁很怪。」

望向小玉所指出的方向，確實有違和感。

確認地圖以後發現是個暗門。之前在蜘蛛房間前面打落死獸的垂直洞穴上端就是這個房間。

「真虧能發現呢！」

我摸摸小玉的頭捏捏貓耳，因為波奇看起來很寂寞，我用另一隻手摸摸她。當然，犬耳也捏了。

在做這種事情的當下，雷達上映照出新的敵人身影。

可是，朝向那個敵人身影所在的方向前去探查的士兵與商人們，卻沒有傳出悲鳴，而是歡愉聲音。

怎麼回事？我十分訝異地看往該處，並同時在地圖上確認敵人身影的真實身分。

「喂，有寶箱喔！」

「喔喔！大家都說在迷宮有時候會有寶箱出現。」

「是我，是我發現的！」

那種毫無內涵的發言，與他們的聲音一起轉變成了哀號聲。

『齁齁齁齁齁，這樣大陣仗地歡迎窩，窩很感激！』

出現的是把我們拖進迷宮底部的眼球魔族。還以為不在，原來是用了隱身術嗎！

「所有人就定位，不用圓陣，用三方陣型拿下！那傢伙會使用魔法！貝爾頓子爵與潔娜兩人對前衛施展防禦魔法！」

隊長立即下了陣型指示，潔娜照順序施展了風防禦與氣壁魔法。巫女們是用盡魔力了嗎？迅速退避到了房間的角落。

「終於出現了嗎？魔族！很抱歉火魔法沒有保護的法術。我要使用豪焰柱，幫我爭取時間！」

喔，我還以為是不想使用魔法的人，原來是準備和魔族一戰而保存魔力嗎？我在內心一邊道歉，一邊稍微對子爵改觀。

魔族揚起了咆哮聲，隨即眼球魔族的周圍出現了黑色珠子，黑色珠子緩緩在眼球魔族四周徘徊，將出手的騎士們打退。

『人類的魔法好慢，窩好無聊。』

牠眨眨巨大的眼睛。

嗯？什麼？一瞬間有奇怪的感覺。

>獲得技能「魔眼抗性」。

把視線移往記錄畫面，新增了這樣的訊息。一環顧周遭，位於眼睛正面的人們的狀態變成了「迷惑」。

在我身邊的獸娘們也沒能抵抗得住，被施了「迷惑」。

「主人！不好了喲！肉好多喲！」

「肉，整塊吃掉～？」

「波奇、小玉！為了主人，多一隻也好盡力去狩獵！」

一定是將士兵們看作是烤雞和烤牛肉了吧？

在幸福的時候真對不起，我迅速用掌擊弄昏她們，抱到房間一角讓她們避難。這個地方因為是岩石後方，即使魔族使出什麼大魔法也不會有事。

被迷惑了的士兵向其他士兵們展開攻擊。因為人數差距頗大，並未發展到壯烈的自相殘殺那種程度。

現在，和眼球魔族直接進行近身戰的，惟獨隊長和戰鬥狂重裝戰士兩個人而已，但大劍和戰斧都被黑色珠子阻擋了所以連一根手指頭也沒碰到魔族。

潔娜在稍微遠一點的地方使用了輔助魔法，但是魔力的殘留量快要沒了。

『愚蠢的人啊，互相殘殺吧！窩很愉快。』

也許是這場動亂很有趣吧，眼球魔族嘲笑道。嘲笑到最後開始咆哮，眼球魔族的身體發出紅黑色的光芒。

然後，貝爾頓子爵的詠唱終於結束了，眼球魔族的腳邊吹起了火焰。

「魔族！不要以為人族一直都是只會被你們踩在腳底下的存在！」

他拿出長杖發表定審台詞，但就像是要譏諷子爵似的，眼球魔族若無其事地在火焰之中振翅飛翔。ＡＲ顯示上跑出了「火魔法傷害減少七十五％」，是在前不久使用了防禦系魔法了嗎？

那傢伙自己也說過，就算是在子爵開始詠唱魔法之後，對抗魔法也來得及，真是狡猾的傢伙。

『好燙！好燙！真棒的熱度！窩一年四季都是夏天。』

「怎、怎麼會？中級魔法竟然不管用！」

『管用喔？管用的唷，人類。窩很親切。』

確實眼球魔族的體力正在降低，但只有微微一丁點。

『啊，絕望令我全身舒暢！窩太幸福了。』

這樣下去的話，出現傷亡只是遲早的問題。

潔娜說過下級魔族有飛龍程度的強勁，這傢伙確實很強的感覺。

此刻就算高調也沒關係，應當戰鬥了。

如果使用違背常理的力量也許會被驅逐出聖留市，但我不可能對潔娜見死不救。

在隔壁房間避難的人們傳來的哀嚎聲，打斷了這般決心。

我往通路一看，發現被突然出現的尼多廉們的姿態以及血淋淋的死獸樣貌。

慘了！過度集中注意力在前方而忽略了確認雷達。

即使感到懊悔，我仍然撿起腳邊的石頭，往死獸的側臉上砸了過去。

沒有一擊就收拾掉牠，是為了要利用這傢伙。

那傢伙以空蕩蕩的眼窩向著我，無視於要殺他的中年男性，向這裡飛奔而來。

我眼角餘光瞥見了潔娜驚愕的表情。

「佐藤先生！」

我以兩隻手臂阻擋了死獸的突擊，並順勢讓牠猛烈撞上之前那面有隱藏通道的牆壁。

牆壁崩落毀壞，我和死獸共同被黑暗所吞噬。

「潔娜！不要離開妳的崗位！」

「不，放開我！佐藤先生他、佐藤先生他——！」

背後傳來潔娜吶喊我名字的聲音，我沉入深淵底部。

對不起，潔娜。之後會聽妳斥責。

這裡是暗門背後的垂直洞穴。下墜三百公尺後再回歸戰場很是麻煩，所以我以手鉤在十五公尺下方的小房間，翻身進去。

一般來說這是只會折斷手骨，絕不會成功的特技動作，不過高等級的這副軀體順利執行完成。

我用久未取出的聖劍斬斷了和我一同翻滾進來的死獸。

果不其然並未散發出藍光，但是卻發揮無敵的銳利度，將死獸俐落地一分為二。由於一旦拔出聖劍，我會受到微弱的傷害，因而收入劍鞘。

在這個小房間裡面變裝吧！

我脫下長袍換上了土氣的衣服，再披上色彩鮮艷的外套。這件外套附有兜帽，看來能擋得住臉，不過有一點不可靠。

我搜索了一下儲倉，發現了合適的東西。

是和瑪莎一起買的龍面具。這個銀色的假面，因為去年流行過，並沒有特定的主人吧？

我戴上了買來的金色假髮。

好，這樣就萬事具備。

我朝向戰場、以風一般的飛快速度，向通道狂奔出去。

在骷髏大廳的前一個大廳，是魔族召喚出來的嗎，小嘍囉魔物正持續逼近，獵人與護衛們拚盡全力死守著入口。

我確認沒有人走出通道之後，拿出在儲倉裡的岩石投擲過去。

壓倒性的質量把魔物們打得落花流水。

>獲得稱號「殘酷冷血之人」。

我用雷達確認一舉將魔物們討伐完畢，奔跑穿越過被嚇得目瞪口呆的獵人與護衛們之間，向骷髏大廳前進。

在骷髏大廳，與魔族的戰鬥仍然持續著。

在這數分鐘之間，有幾位士兵們已身負重傷，但潔娜倒是安然無事。房間一隅所藏匿的獸娘們也還在昏迷狀態，好好地沒事。

我想是子爵的魔法，火焰熊熊燃燒包圍住了魔族的周邊，因而做不到近身戰。我遂把從儲倉拿出的石頭投擲到巨大眼球的中心。

『咕波？是什麼東西？窩很驚訝。』

「騎士們，收拾魔族包在我身上。」

「別開玩笑了！不需要像你這樣的詭異銀色假面來幫忙！」

哎呀哎呀，被拒絕了嗎？

不讓身分曝光而戴上祭典用的銀色面具，好像被當成了壞人。

眼球魔族開始咆哮，爾後前方便生出了半透明的黑色板狀物。

我試著用石頭輕輕砸過去，卻在黑色板狀物止前方失去了力道，掉在地上。大概，是對空防禦系的魔法吧。

『泥是什麼人？以為憑一顆石頭就能給予魔族打擊，窩很困惑。』

牠繼續咆哮，黑色的長槍跑了出來。

那個咆哮就是魔族的魔法詠唱嗎？

我輕而易舉迴避飛射而來的黑色長槍，雖然是以不得了的速度飛來，但迴避技能告訴了我時機，總之是成功迴避。

是被我分散了注意力的關係嗎？子爵施放的「火焰槍」魔法與巫女的「神聖之槍」魔法刺穿了魔族的側頭部，大幅削弱了魔族的體力。

而且，另一側，隊長的大劍和熱血戰鬥狂重裝戰士的戰斧下了重重一擊。

戰斧雖然沒有辦法造成傷害，隊長的大劍卻因為是魔法武器，降低了眼球魔族的體力。

『啊，被人族打倒？被打倒！窩好恨。』

眼球魔族的腳邊冒出魔法陣。

「牠要施展什麼了，全員採取防禦姿態！」

由於隊長的警告，士兵們躲藏到附近岩石的後方。

遊戲的話，這裡會是以正面對打的覺悟上前攻擊的場景，但在現實中是以減少傷害為優先。此刻如要一口氣突擊魔族，就好像是跑去熄滅即將爆發的炸藥導火線的行為。

即使如此，我覺得要趁此機會給予致命攻擊，遂拔出了腰帶上所插的聖劍衝了上去。可是卻被頭上降落而來的什麼東西給阻止了進攻，趴倒在地上。

＞獲得技能「闇黑魔法：魔族」。

＞獲得技能「闇黑抗性」。

可惡！是剛才阻擋士兵們攻擊的黑色珠子嗎？

儘管取得技能是很幸運，但撇開這個不談，那個魔法陣看起來可不是蓋的。跌倒的時候由於放開了聖劍，我遂兩手空空地被黑色珠子毆飛。

以魔族為中心，黑色的魔法陣向天空延伸——

『啊，吾主！窩盼望。』

——魔法陣中湧現了漆黑的巨人。

◆

那真的是只能形容為惡魔的存在。

雄羊的角、發出紅黑光芒的眼、光滑黝黑的肌膚。兩對共四隻的胳臂上，有閃耀銀色光芒的尖銳鉤爪。背上延伸出了鑲嵌紅色紋路的蝙蝠翅膀，屁股上則長出附有針頭的分岔尾巴。高度總共七公尺的巨型軀幹在空中飄浮著。

這傢伙是等級六十二的上級魔族，擁有風、雷、闇黑共三種魔法與格鬥技能。而且還有五個種族的既有能力：「飛行」、「石化的吐息」、「毒」、「自我再生」、「創造同伴」。

「怎麼可能！竟然召喚了中級魔族！」

『錯了，人啊，吾輩不高興。』

『吾主乃是魔王的左右手！是接近神的魔族霸主！窩要訂正。』

「不敢相信。是上級魔族嗎？」

對於新的魔族出現目瞪口呆的子爵和隊長，聽見上級魔族之後，便以籠罩著絕望的神情跪了下來。能撐得住的就只有熱血戰鬥狂重裝戰士以及巫女而已。

『設置迷宮和召喚吾輩真是辛苦泥了，吾輩慰勞。』

上級魔族抓起了眼球魔族——

『啊，能回歸到吾主的一部分！窩很歡喜。』

——就那樣咬下，吃乾抹淨。

突然發生的慘劇一結束，那傢伙的臉龐冒出了只有眼球的臉。

是合體嗎？至少沒有進化與等級提昇，該覺得慶幸。

『小嘍囉們，懼怕吧！強者啊，站起來對抗我吧！吾輩要篩選。』

我聽見了與那傢伙的聲音重疊的咆哮聲，是那張新的臉在進行詠唱。

連颱風都與之不及的颶風在大廳裡颳起，士兵們被捲飛到牆壁上。

我奔入風中，在潔娜和巫女們被吹撞到牆壁上之前，依序接住她們。

男人們可以自己想辦法忍耐吧。畢竟無法救所有人。

＞獲得技能「風魔法：魔族」。

>獲得技能「風抗性」。

在忍受上級魔族的魔法期間，我取得了兩種技能，因此我分配了點數到抗性技能上。

我拿起插在岩石中的聖劍，與上級魔族對峙。

那傢伙嘲笑似的睥睨著起身對抗他的我，然而注意到我拿的聖劍後，輕蔑的神色一百八十度大轉變。

『沒想到竟然有勇者。泥受到了神的指示了嗎？吾輩憤怒。』

那傢伙一邊向我說話，卻一邊在背後悄悄使用魔法。不得了的陰招。

那傢伙的身體浮現出漆黑的薄霧，好像是輔助魔法的一種。

但是，論陰險程度我也不遑多讓。我藉著AR顯示確認那傢伙的魔法效果，看起來似乎是強化魔法，叫作「物理傷害減少九〇％」的超扯效果。

『大意會帶泥走向死亡！吾輩全力。』

上級魔族又大吼起來，爪子、角、和尾巴被漆黑的空氣環繞，AR顯示上出現「物理攻擊力提昇三〇〇％」。

喂喂，你想強化到什麼地步。

就這樣一直看下去的話會變得更加不利，因此我發起了攻勢。

用劍的話只能砍到那傢伙的腳，於是我用設定成最大威力的魔法槍來狙擊。

理應是幾近看不見的子彈，那傢伙扭動身體迴避了，那個巨大身軀用想像不到的速度向我襲來。

那傢伙揮下右手的魔爪，同時拖曳出紅色的殘餘光芒。我將上半身後仰，閃躲了欲撕裂我的攻擊，並憑藉超乎常理的力量以不可能的姿勢向上砍擊。

可是，這樣只能掠過那傢伙的身體表面，砍裂出淺淺的傷口。在擊退魔物上我以為我已經大概習慣了，不過看來鬥志尚嫌不足。

『怎麼了勇者？聖劍也不會用嗎？吾輩失望。』

我所受到的僅僅一丁點的傷，在剎那間恢復了。

終究如巫女所說過的一樣，要是沒有「勇者」的稱號，聖劍便發揮不出完整的能力嗎？

我一邊閃躲那傢伙的攻擊一邊反擊，但是魔法槍的子彈淨是被躲開，或是只能用聖劍淺淺砍出傷口，完全給予不了損害。

是達到極限了吧，那傢伙施展雷擊，混雜進近身戰中。

我毫無逃避的餘地被雷擊命中。

＞獲得技能「雷魔法：魔族」。

＞獲得技能「雷抗性」。

＞獲得技能「麻痺抗性」。

「好痛，四肢麻麻的。」

要說是什麼感覺，就是跪坐之後的麻痺感加上靜電的觸電感。我瞧著體力計量表，受到了大約五點的傷害。

我打算躲開那傢伙揮舞而來的魔爪，但是麻痺感依舊殘留的關係，一瞬間出腳慢了。雖然用聖劍抵擋了，但肩膀仍然稍微被削過。

＞獲得技能「毒抗性」。

＞獲得技能「疾病抗性」。

＞獲得技能「腐敗抗性」。

異常狀態攻擊的種類到底有多少啊？但是，是成功抵抗了嗎？身體並沒有異常。

我和那傢伙拉開距離，往抗性技能上分配點數。

『強壯的傢伙！吾輩感嘆。』

不過，魔法和異常狀態攻擊不費吹灰之力就抵抗了的關係，我開始疏忽了。

那傢伙吐出了灰色的氣體，侵蝕我的左半身。

身體的表面開始薄薄地石化，我從儲倉中取出披風來防禦石化氣體後續的攻勢。

＞獲得技能「石化抗性」。

我是有一點焦急，不過石化了的只有衣服和身體表面，我將手掌反覆開合地重複握拳，讓覆蓋在手上如石膏狀的石化部分剝落，下方出現了膚色無瑕的肌膚。

嚇了我一跳，等級差距真是太好了。

那傢伙對於石化在我身上沒效的事情很是訝異，但是仍使用闇黑子彈以及風之刃牽制我，在我往空中逃脫的時機點以鉤爪毆打過來。

糟糕，格鬥遊戲中逃向空中也是一步壞棋嗎。

因石化而變得脆弱的長袍被撕裂了，肩膀於焉裸露出來。

傷害本身是承受了，但是自我治療技能在每回我受傷時都會幫我恢復。託它的福，長袍儘管沾了血漬，體力卻飽滿。

就算如此，也不保證血流太多仍然會沒事，得要注意別太過度信賴自我治療技能。

打算要抓住我而不謹慎地伸過來的胳臂，由於是千載難逢的機會，我遂以聖劍將之砍飛。

咦？不是物理傷害減少九〇%嗎？

不過，那傢伙迅速重新長出了失去的胳臂。被砍斷的胳臂則猶如黏土工藝變形，變化成了下級魔族。

『很鋒利的聖劍，不過只要砍了吾輩就會有同伴增生喔？吾輩忠告。』

胳臂魔族向隊長們襲擊，因為那傢伙沒有魔法技能，即使是隊長們也應該能擋得住。我讓他們稍微戰得輕鬆些，用魔法槍狙擊了那傢伙的雙腳。

『就算是再怎麼優秀的劍士，使不出聖劍之力的泥，是無法打敗吾輩的。吾輩想笑。』

是巫女提過的那個嗎，「唯有勇者所揮舞的聖劍才能打倒魔王」。真是的，上級魔族也和魔王是同樣的規則嗎？

不過，我的魔法只有兩種。

因為潔娜說過下級魔法無效，所以小火焰彈是不行的吧？

流星雨的威力又太強，不列入考慮。雖然或許能打倒那傢伙，但是連潔娜和獸娘們都會被牽扯進來。聖留市的人們和我自己也會難逃一劫。

思考著這樣的事情而分了心，我在躲避上級魔族鉤爪之際，被襲擊過來的尾巴彈飛了，跌落在地面上，並猛烈地撞上對角的方向。

我甩了甩因衝擊而暈眩的頭，站了起來。

這樣下去，情況會愈來愈惡劣。

聖劍是能夠砍斷牠，但是砍了又會很快恢復，且敵人還會增加。

魔法只有威力太強和太弱兩種而已。

魔法槍則會被避開。

嗯？會被避開？

『吾輩追擊。』

此刻，上級魔族的飛踹襲來。

好幾噸的重量給予了我衝擊，我就那樣在地板上滑出，撞上迷宮的牆壁。

唔。要是完全沒有痛苦抗性的話，我會因痛覺而暈厥過去也說不定。

「……■■■　氣槌。」

「……[redacted] 火焰槍。」

「……[redacted] 神聖之槍。」

突然間，潔娜、子爵、以及巫女將魔法施向了上級魔族。

儘管受魔族抵抗，幾乎沒造成稱得上是損傷的傷害，不過幫我製造機會就夠了。手上握的聖劍和魔法槍都掉了，但是儲倉裡還有預備的魔法槍。

『竟然用虛弱的魔法打擾我的興致！吾輩憤怒。』

那傢伙以腳踩著我的腹部，抬起附近的岩石準備要投向潔娜他們。

我不會讓你這麼做的喔？

我從儲倉裡拿出預備的魔法槍，在零距離下射擊。當然威力值開到最大。

『咕奴奴，吾輩大意。』

第一擊命中了，但是那傢伙對於丟擲岩石毫不執著，迅速地放開，因此第二擊開始全被迴避。我很怨恨魔法槍在子彈射出去前有零點一秒的時間差。

不過，所造成的傷害連那傢伙的體力的一%都不到。因為魔法槍的傷害比起刀傷，再生速度更慢，所以若是連續射擊，情勢似乎能有所改變。

用小火焰彈牽制牠，再從極近的距離以魔法槍攻擊來進行作戰吧！我的魔力恢復速度頗為優秀的關係，只要不使用流星雨，就不必擔心魔力枯竭。

為了再提昇一點威力，我把方才回收沒多久的聖劍收起來，拿出了長杖。畢竟子爵與潔娜也使用法杖，威力一定有所提昇。

『放棄了不能用的聖劍嗎？吾輩好奇。』

那傢伙和我取得一段距離，以不管哪裡都可以逃開為目的，彎腰準備。

我從魔法欄上選擇小火焰彈。

吃我一記！

轟！

視野被染上一片白色，震耳欲聾的轟聲響徹雲霄。

恢復了的視野裡，有上半身焦黑一半、飄散蒸氣的上級魔族，以及後方融化成半球狀的迷宮牆壁。牆壁依然火紅得像是熔岩般的正在燃燒。

這是什麼？

——對了，我忘了。

流星雨也是，點選圖標使用的時候與從魔法欄選擇使用的時候，擁有多達十幾倍威力的差距。那麼，其他魔法也是這樣吧。

熾熱的蒸氣狂風逼近，粗心大意吸到的話會燒到喉嚨，因此我屏住呼吸。

『沒想到，使得出那種程度體術的人竟然是魔法師！吾輩不能理解。』

子爵從岩石後方說著「那肯定是上級魔法紅蓮槍！」之類。

你錯了，是超初級的小火焰彈。

不過，威力強到這種地步，反而有使用上的困難。雖然再打中三發便能得勝，可是那傢伙似乎明白了，為了不讓我攻擊，準備躲到潔娜她們背後的位置。

不好意思，吾輩君。

你已經被將軍了唷！

我再次收起長杖，換拿聖劍。

是的，我想起剛才的魔法的事情時，一同回憶到一件事。

我在地上奔馳，踩踏岩石往那傢伙接近。

——要打倒魔王，需要勇者揮動聖劍。

間。

我用從儲倉拿出帳篷防禦那傢伙逼不得已施放的石化氣體，接著滑進那傢伙的兩腿之

——上級魔族是魔王的左右手，是「接近神」的魔族霸主。

我從後方朝向天花板施展小火焰彈，吸引周遭眾人的注意。

變成石頭的帳篷發揮遮蔽的效果。

——可是，我雖有聖劍卻沒有勇者稱號。

依靠雷達，我從地面跳躍而上，並踢擊仍火紅燃燒著的天花板轉變方向。有一點熱。

——所以無法給予有效攻擊。

我用三角跳法的要領，從死角向空中飛去斬斷那傢伙的翅膀，剝奪牠的飛行手段。

——真的是這樣嗎？

再生結束之前一決勝負吧。

——想起你的稱號。你擁有什麼？

我變更了稱號與劍，朝為了生長出新翅膀、一瞬間停止動作的上級魔族頭頂以斬擊直劈而下。

吸取光線的「黑暗」之刃，將漆黑的魔族切劈開來。砍斷的邊緣吹起了黑色的粉塵，上級魔族的身體漸漸崩毀。

『什麼，那把劍是！……吾輩……敗……北。』

黑色的粉塵等待那句話說完後，便如霧般透明地消失。

簡直像是劈開了幻影，對於這般順利程度我變得有點不安，但依據記錄畫面看來確實將之打敗了。

我在周遭的人目瞪口呆的時候，把劍收入劍鞘，從這個地方離去。

我打倒那傢伙的原因，現在想想是很簡單的事。

如果勇者的稱號與聖劍，能夠打倒「接近神的人」，那麼殺得了「神」的「弒神者」與神劍，不可能辦不到。

嗯，就是這麼回事。

我回到方才的小房間，換了衣服以後爬上垂直洞穴。迷宮的牆壁由於比普通岩石還堅硬，要弄出手能攀登的洞真是花了不少工夫。

「主人──」

在攀爬到還差五公尺的地方時，綁有安全繩的小玉從上降下。大概是為了救我吧？洞口處則有莉薩和波奇在窺探著。

「麻煩妳來接我，辛苦了。」

「系！」

我讓小玉坐在肩上，以這種狀態爬上壁面。

「也謝謝波奇和莉薩。」

「沒事就……」

「好喲！」

因為莉薩像是感動至極地哭了出來，我便從背包中拿出全新的手帕遞給她。而且受到她的影響嗎？波奇與小玉也抱緊我的脖子哭了出來。

好了好了，如果對我平安無事感到高興而流的眼淚，隨妳們怎麼哭都可以。

我向正奔跑過來的潔娜輕輕揮手回應。明明被關進來還沒經過兩天，卻有在迷宮待了許久的心情。

不知何時，稱號增加了。

>獲得稱號「迷宮破除者」。

>獲得稱號「與惡魔共舞者」。

>獲得稱號「弒魔族者（上級）」。

>獲得稱號「勇者」。

想再早一點拿到最後的稱號啊！

到地上

「我是佐藤，曾經因為出了點差錯和幸運，住到高級飯店的總統套房。由於是一介小市民，感覺很緊張，導致不太能盡情享受。我經常說『過猶不及』。」

我和波奇與小玉兩人手牽著手，爬上延續到出口的螺旋階梯。在一般民眾中我們排在最後。之前的熱血戰鬥狂戰士與其部下數名，正於方才的大廳擔任看門守衛。

出去之後也許會有行李檢查，因此我在沒人看見的場所，將萬納背包與普通背包交換。波奇所持的魔核也減少到三成的數量，剩餘的經由萬納背包移動到儲倉。和其他人打倒的數量相比多太多了，這樣調整較能防範麻煩。

「出去以後吃點什麼好吃的東西吧？妳們有沒有想吃什麼？」

「肉～？」

「肉很好的！我看過馬車上載著很大的肉喲！」

真是很喜歡肉的孩子們啊！

我曾以為是因為獸人的關係，不過仔細想想，小孩子就是喜歡肉呢！

但是，波奇所說的「很大的肉」果然是指飛龍吧？如果可以，我希望可以轉移到其他的肉上，避開龍肉。

「波奇、小玉，肉確實是很棒的東西，可是，一介奴隸要求吃肉，是不符身分的。」

「不符身分～？」

「莉薩說的話好難喲。」

「我是說很奢侈。」

雖然莉薩幫我規勸了兩人，但是露天攤販之類應該沒那麼貴。

因為之前的豬排也才大銅幣數枚。

「慶祝從迷宮中生還，所以我們吃肉料理吧？」

「太好了～」「喲！」

「主人，如果您那樣說。我莉薩連肉的最後一塊碎片都會好好品嚐給您看的！」

和我仍然牽著手的波奇與小玉，正跳上跳下以表達喜悅。

當我一轉頭看向跟隨而來的莉薩，她以認真的表情握拳，擺出如同宣誓般的姿態。

不，妳可以不用那麼嚴肅啦。

從迷宮出口照射進來的日光十分刺眼。

我被兩腳併攏一躍到光線之中的波奇和小玉牽引著走出迷宮外面。

出了外頭，等待我們的是率先逃脫出來的人們不安與騷動的臉龐。

這個理由只要環顧四周，便能在某種程度上理解。

出口周遭是一塊有著像學校操場般大小的空地，雖說是空地也並非完全平坦，以出口為中心製造了漩渦狀的溝槽。恐怕這是在迷宮完成的時候，廣場與周圍的房屋被捲入的痕跡不會錯。

而且，圍繞出口形成了一塊陣地，陣地被沙袋固定的馬柵欄所保護著。在那馬柵欄之間，排列著曾在抗龍塔見過的大砲。大砲後方則有裝備大型十字弓的弓兵們在待命。

當然，炮口所朝向的是迷宮入口——也就是我們所在的方向。

不僅是波奇與小玉，連莉薩都十分不安，因此我前去詢問似乎明白情況的人。

「這是為了調查完我們之中『有沒有魔物化身的人？』或『有沒有罹患魔物傳染病的人？』之前，被命令要在這裡待機。」

原來如此，檢疫是必要的呢。

在我事前確認過的範圍裡面，全員都不是魔物，也沒有患病或中毒的人。不過，我不打算發表那種證言，即使作證，誰也不會相信吧。

確認了一下包圍周遭的士兵們，沒有持鑑定系技能的人，因此只能等待有辦法調查的人或器材到達。

幸虧逃脫的成員當中有巫女及神官，所以不需要擔心重傷者。輕傷的人雖然被擱置一邊，但骨折及受到嚴重裂傷的人已治療完畢，躺平於地面所鋪的披風上頭。

對了，魔法藥還有三瓶，未使用的軟膏也剩下一個，提供給他們吧！給瑪莎她們的土產，下次去重新買就行了吧。

因為可能會不想要用陌生的傢伙所給的藥，因此我拜託潔娜從中協助使用於負傷者的治療上。

不知是不是等得太無聊，小玉在坐著的我的膝上慵懶地正面朝上仰睡，波奇則爬到我的肩膀上。

由於她們被騷動與周圍看來不安的人所影響，我適當地加以安撫，讓她們靠在我身上稍微睡一會兒。莉薩則一直持長槍如同在站哨，我遂讓她坐在我旁邊休息。

等了一小時之後，數輛馬車到達，開始了檢疫作業。似乎是一個一個按照順序叫到馬柵欄的另一端，讓大家觸碰之前我遇過的大和石檢查。

接在隊長和巫女後面，魔法兵潔娜被叫走了。

士兵們的檢查在前面，我們是最後。

「那麼我先過去，我會在那邊等妳們。」

「系～」

「是的喲。」

「了解。」

我這麼告訴看起來表情徬徨的三人，邁向馬柵欄的另一端。我把行李寄放給等待著的文官氣息大姊姊，隨即走向有大和石的桌子。

糟糕，突破了迷宮，還維持在等級一和沒有技能的狀態很不妙吧？

我操作了主選單畫面的交流標籤，由於獸娘們是十三級，我稍微低一點，把等級調成到十。技能則設定像商人的「殺價」和「市場行情」。沒有戰鬥系技能會不自然吧？順便也放入「投擲」和「迴避」吧！

我被像是工作人員的人催促，將手放置於大和石上。視線差一點就要飄到坐在大和石對面的女性文官的胸間山谷，不過我拚命忍住。

我閱讀了大和石上所顯示的文字，確認設定的資訊已經被更新了。

「很厲害呢，明明不是士兵或探索者，這個年齡就到達這種等級，看來過得相當辛苦。」

「沒有的事。」

站立在大和石一旁，擔任警備、濃妝的女騎士佩服地說道，不過我以日本人風格的謙遜態度回應。

「這個是主人為了我做的，和我的性命同等重要的長槍。即使是片刻，我也不可以放手。」

「——所以，請把長槍交給我。」

「我說了，這和妳的想法無關！」

因為聽見後方有爭吵聲，我便轉過頭，莉薩不願意寄放長槍而爭吵起來。

「莉薩，之後會確實還回來的，所以現在暫時交給那個人。」

「主、主人既然那樣說的話……」

被我說服了以後，莉薩心不甘情不願把長槍交給了工作人員的大姊姊保管。

把她的名字和所屬單位寫入交流欄的記事本吧！能馬上還來是很好，不過依據在地圖上所見，先行離開的每個人似乎都被馬車護送到城內。

被關進大牢、為了封口而處刑之類的，我想不會到這種地步。但在事態收拾結束之前將我們軟禁，這倒很有可能。

一般來思考，畢竟在街上發生迷宮事件，還出現了上級魔族，肯定是稀有案例。

後方發出了小小的驚呼聲。

是對莉薩作為奴隸卻擁有等級十三的高等級，以及持有多達四個的技能感到驚訝的樣子。

雖然讀不出來莉薩的表情，但尾巴正微妙地抖動著，也許是有一點得意。

波奇和小玉將放入魔核的袋子交給大姊姊，往這裡奔跑過來。因為是小孩子嗎？兩個人一組。

由於手搆不到大和石，她們被莉薩從後方抱起，手腳亂晃著，看起來很開心。

波奇被大和石負責官員要求將手放在上面，比莉薩的時候發出了更大的叫聲，十歲就有十三級挺厲害的吧，而且技能也有四個。

波奇用力揮動著尾巴，看著我抽了抽鼻子，肯定很是驕傲。

最後一個是小玉，與波奇相同被莉薩抱起來，她是試著想要揮舞四肢嗎？卻因太過興奮導致乏力，動得像個屍體。

小玉的角色狀態顯示的時候的叫聲比波奇還小聲，雖然厲害程度與波奇相同，但是相似的角色狀態為第三人，驚訝也會變薄弱吧？小玉看起來有一點不滿。

「鍛鍊亞人奴隸到那種程度很辛苦吧？」

「沒有那種事，因為她們很優秀。」

很辛苦雖然是事實，優秀也仍是事實。若沒有她們，就算不至於會死，但必定會中陷阱或是遭遇不幸。

我們四人被士兵催促坐進馬車，率先結束檢查的數人也一起。裝設車篷的馬車上，有持劍的士兵坐在前後出入口。

這輛馬車上沒有認識的人，因此我沒有特別開口。

由於也有討厭獸人的人在，我便囑咐波奇與小玉乖乖待著。因為不安會使人產生攻擊性。

結果，就在這般沉悶的氣氛中，馬車到達了伯爵城。很遺憾的，馬車出入口懸掛了布，使我們看不見外頭，所以也無法欣賞景色。

從馬車下車後，又再次被士兵們包圍著移動。

「要、要把我們帶到哪裡啊？」

「就是啊！我們可是從迷宮死裡逃生了喔！」

流氓氣息的年輕人與強硬態度的中年男性向士兵的人極力爭辯。明明被大批武裝包圍，真了不起的膽量。

「你們今後幾天要進入地牢。這是伯爵大人的決定。反抗者將被判處叛亂罪。為了維持治安，閉嘴順從吧！」

喔喔！我本來猜想是否會被軟禁，或許太小看貴族的權利了。竟突然就變成牢房體驗。好不容易把聖留市從上級魔族的魔爪中救了出來，報酬卻是「招待前往地牢」，令人感到悶悶不樂。不過因為隱瞞了真實身分，也不能抱怨。

是叛亂罪云云起效用了嗎？那之後誰也沒有反抗，跟隨士兵而去。後來才聽說，所謂被判予叛亂罪，不只本人，連帶家屬也會被歸咎罪行。

地牢稍嫌昏暗且有點寒冷。連簡樸的床鋪都沒有，直接睡在石地板上。僅遞給我們一張薄毯，晚上看來會凍僵。更何況廁所是在什麼遮蔽物都沒有的地方擺了一個壺，真是無比艱困。

真希望再稍微注重個人隱私一點啊。

雖然是極其難過的場所，就結果來說，我們卻沒有在這個地牢度過任何一晚。

「喂，叫佐藤的人是誰？」

「是我。」

「跟我來，你到別的地方。」

與地牢不配的文官風男子過來叫我。

唉唷，把獸娘們丟在這種地方走掉，真是饒了我吧。讓交涉技能活躍一下吧。

「這些孩子們是我的奴隸，要移動場所的話，請讓這群孩子們同行。」

「唔，我所接到的命令只有叫我把你帶來。亞人奴隸的事情我不管。」

這裡是金黃色點心出場的時候了吧？

給金幣就太多了，我邊說著：「能不能幫個忙？」悄悄地把銀幣塞入負責帶路的文官手裡。

＞獲得技能「賄賂」。

＞獲得技能「說服」。

銀色點心似乎效果不錯，男人的態度急遽軟化。

「……雖然這麼說，但也沒有命令我不要把你的奴隸帶來。總之，帶來沒關係，只是就算在那邊被趕回來，我也不管喔！」

「好的，那沒關係。」

到那個時候，說服叫我出來的人就好了吧！

因為看起來很有用處，我把新獲得的技能分配了點數。如果做得太絕，看來會立起黑心商人的旗標。

在被帶去的地方等待著我們的，是不曾見過的老紳士。

「初次見面，佐藤大人，我在貝爾頓子爵家擔任總管，名叫德尚。」

嗯——不是叫賽巴斯欽。

「初次見面，德尚大人。」

「佐藤大人，懇請直呼我為德尚。」

要對這樣高尚的老紳士直呼其名，門檻太高了。

「對於安排太遲之事，我衷心表達歉意，讓子爵大人的恩人進入地牢，乃是我的無德所致。」

「不，託您的福我可以不用睡在地牢，況且我平常也見識不到地牢。」

我們被道歉不止的德尚帶領到城內其中之一的迎賓館。不過這座城的占地廣大，約莫有我就讀過的大學校園大小。

「請使用這裡的房間，負責房間的女僕應該在。」

德尚搖響入口一旁桌子上所放置的鈴，從深處的房間裡頭隨即走出了二十歲後半的女僕。

即使說是女僕，既不是秋葉原系也不是維多利亞系。她沒有穿所謂的女僕服，作的是普通女官的洋裝打扮。

因為圍裙洋裝及白色滾邊還沒有普及嗎？比起味噌和醬油，我覺得讓這個東西普及才是日本人的義務。呃，不對嗎？但是，好可惜啊。

「我就此告辭，如有任何需求請不必客氣向負責房間的女僕提出。這些儘管微薄，卻是老爺的感謝之情。」

我收下德尚給予的小袋子，裡面裝的並非貨幣而是像小石頭般的顆粒。恐怕是寶石吧？要是這裡面是糖果的話，那還真是好笑。

拒絕也很失禮，我便向子爵寄予回禮的話。

雖然常理是對本人道謝，但既然把謝禮託付給總管家，肯定是忙碌到無法面會的地步。說到子爵，就是伯爵的下一階，肯定是偉大的爵位。

但是，我的記憶正確的話，地方領主的地盤裡有其他爵位的貴族居住，是很稀奇的事。即使因為階級類似，看來還是不要疏忽地把它當作和中古世紀歐洲貴族制度是一樣的比較好。

德尚將後續事情委託給女僕，遂退下了。

「那麼，我為您介紹房間。」

「好，麻煩了。」

我跟隨在女僕後面聽取說明。

波奇與小玉被莉薩嚴厲命令要安靜，因此像個玩偶似的被莉薩抱在腋下。她們把伸直手指的雙手手掌交叉起來，壓住嘴巴的姿勢非常可愛。

總管家與女僕都輕鬆地說是房間，但光是入口大廳便有八張榻榻米大小，是合計地板面積達兩百坪的洋房。如果是飯店的總統套房，就是一晚飛掉好幾個月份薪水的等級。

大廳所鋪的並非地毯而是仿似不織布的東西，並且放置數張看起來柔軟的皮面沙發。沙發上也放著幾個布面抱枕，可以悠哉地滾來滾去。

這個房間約有三十張榻榻米大小，房間彼端有個沒煙囪的暖爐。

是我看起來極有興趣的關係嗎？女僕插進了補充說明。

「這個是利用打火石的魔法道具。觸摸這裡的銅板讓魔力流入，暖爐內的打火石即會發熱。想調整溫度的時候，敲響呼叫鈴我就會立刻過來，請別客氣。」

喔喔！好神奇！

天花板的吊燈也沒有放上蠟燭，所以絕對是魔法道具。ＡＲ顯示上跑出「灑光的吊燈」，讓我很期待晚上。

接下來我們被帶到二十張榻榻米大小的接待室。

這裡的擺設也和方才的客廳相同，排列著同等級的高級品，由於這裡簡約的家具比較多吧？令人有拘謹的印象。

在這隔壁有餐廳，放置著能多人同時吃飯的大桌子，這是如花崗岩一般漆黑，有滑溜觸感的石桌。

雖然女僕省略了說明，但更衣室、女僕休息室、以及茶水間也在接待室附近。

爬上入口階梯後，前方有著和大廳同樣寬廣的主臥室。附有頂罩的特大尺寸床鋪氣派地坐鎮在那裡，的確很鬆軟。

波奇與小玉眼看就要飛撲進去，但是莉薩緊緊地抓住了，所以沒有導致女僕柳眉倒豎地生氣。做得好！莉薩。

與此處相接的小房間，是員工與護衛的房間的樣子。僅有硬硬的床鋪與簡樸的木椅，是個樸實的房間。級別差距十分極端。

廁所在各個樓層都有，但與門前旅館同樣是蹲式。衛生紙的替代品不是稻草堆而是草紙，有點高級啊。

可惜沒有澡堂。

「請問怎麼了嗎？」

「呃，我只是在想好像沒有澡堂。」

說不定有，我懷抱這樣的期待試著提出。

「您喜歡洗澡嗎？這樣的話，我會讓男僕運送浴缸過去，傍晚時應該能準備好。」

要運送浴缸嗎！好厲害的男僕。

「不好意思，拜託了似乎很麻煩的事。」

「不會，如有其他要求，會盡力為您做到。」

我自己是沒什麼特別的要求，不過聽得到從後方傳來可愛的咕嚕嚕的肚子聲響。不知道是波奇還是小玉，但畢竟差不多是中午時間了。

「那麼，我去準備午餐，如有什麼討厭的東西，可以配合要求。」

「不，我沒什麼好惡，沒關係。」

女僕一鞠躬後，走出了房間。

波奇和小玉被莉薩一直抱著，香甜地睡著了。這樣說來，剛才的肚子聲響是莉薩嗎？莉薩的臉頰染上了一點紅暈，但是我決定裝作沒有注意到的樣子。

見到桌上擺放的餐點，我歪了脖子。

七個大大小小的盤子排列著，為了防止冷掉嗎？用銀製的半球型蓋子蓋上是很好，但為何是一人份？這也是亞人待遇的差別嗎？

「那個，沒有這群孩子們的份嗎？」

「下人們的份已在別的房間準備好了。」

「能不能幫我送到這個房間？一起吃飯是我家的規矩。」

當然，這是隨口胡謅的，不過我不喜歡一個人寂寞地吃飯。速食另當別論，可是別人請客，我果然喜歡多人吵吵鬧鬧地吃飯。

獸娘們面前所擺放的盤子，只有裝在深碗裡的燉湯以及黑麵包。我向女僕要求準備小碟子，將我的菜均分成四等份給大家吃。

「嗯，不愧是城裡的伙食，真好吃。」

「美味美味～」

「燉湯的肉好大塊，好好吃喲！」

「真的，彈牙的力道讓人受不了。」

欸～我的盤子裡沒有放入那樣的肉啊？那和我盤子裡裝的肉不同，好像是什麼黑黑的肉。

用ＡＲ顯示確認了一下，我的菜是羔羊肉，而大家的菜是飛龍肉。這是從迷宮出來的時候波奇所說過的肉。反正三人都很高興似的吃著，我就不多說什麼奇怪的怨言了吧。

為美味的餐點招待道過謝之後，我提出了請求，今後的伙食即使降低等級也不要緊，希望讓四人全員都是同樣的內容。

每次從我的盤子分配也很麻煩。

所期盼的洗澡，是由男僕四人負責運送仿似大理石、可容一人進入的石製浴缸。

而且，好幾個男僕還是奴隸的男人們，來回好幾趟運送著在他處煮沸的熱水，搞得很不得了似的。

我還以為鐵定是使用生活魔法，讓熱水一下子就跑出來。

從開始預備之後已經過了一個小時，入浴準備完成了。

我對勞動的人們感到有一點不好意思，但是現在才客氣也無濟於事。等一下多付點小費吧！

「大家也一起洗嗎？」

「系～」

「一起喲！」

我邀請了看起來興趣頗深地看著浴缸的波奇與小玉，小學生左右的年齡一起洗也沒有問題吧。

反正，也有叫作湯著（註：湯着，日本泡澡時穿在身上用以遮掩的衣服）的東西，不過泡澡還是得全裸泡才行呢。

「浸泡熱水之前，首先先洗掉汙垢吧！」

我向元氣滿滿地回答的小孩子們，教導肥皂的使用方法。

「啊哇哇～白色的東西在變大～？」

「蓬蓬的喲！」

「可是，汙垢掉得很徹底——你覺得怎麼樣，主人？」

不知何時，莉薩自然而然地混入了波奇與小玉之間。

雖然肥皂泡泡把重要部位給隱藏起來了，和高中生年齡的她在一起，令我有一點淫猥的感覺。她的胸部儘管和波奇與小玉並駕齊驅，十分平坦，不過從背到腰的線條非常不得了。

「水很溫暖。」

「奇怪～？但是，好舒服～」

「洗身體竟然是用熱水！很奢侈但是很棒呢。」

雖然還沒有浸泡到浴缸，洗澡就已頗受好評。莉薩尤其高興的樣子。

是長年奴隸生活的緣故嗎？要清洗掉汙垢非常辛苦。因此之故，熱水有一點冷掉。

此刻，我拜託女僕添加熱水。

「■■■　■　■■■■　加熱。」

女僕從室外追加拿來熱水，並調整水量，隨後用生活魔法幫我加熱。

再度燒水是用魔法來做啊？

不對，現在應當追究的不是這個。

為什麼使用魔法要做那種裝扮？我想這麼問。儘管不到全裸，卻是可形容為半裸的湯著打扮。由於她身材很好，如果淋濕，最前端一定會透出來變成嚴重事件。看來熱氣在別的意義上有其功用。

我一面對幫我熱洗澡水的她道謝，一面試著迂迴地詢問。

「是，為了能隨時達成服務的命令，便一直以這個裝扮待機。」

哈啊，是這樣啊。

雖然極為可惜，不過服務就免了。

如果不是和獸娘們一起，險些就朝色情的方向跑去了。危險，危險。

由於這並不是全員能同時進入的大浴缸，因此我們依序泡澡溫暖身體。

莉薩對泡澡很滿意，怯生生地說想要再泡一下，我決定帶波奇和小玉先起來。

我用柔軟的毛巾擦拭兩人。回復為洋裝裝扮的女僕要幫我擦身體，被我婉轉地拒絕。

我可不習慣那種服務。

晚飯擺著裝了烤整隻大鳥的奢華盤子。外觀看來像是烤雞，不過並非雞，是叫作希嘉雙尾鳥的一種鳥類烹煮成的東西。

切分整隻身體很困難，我罕見地放下身段麻煩女僕，她以極其精湛的手藝幫我均分切開。

獸娘們很喜歡帶骨肉的部分。

雖然現在才說，但我很感謝子爵哪！這是牢房所比不上的優渥待遇。

說到這個，尼多廉他們是在牢房嗎？應該無法順利放他們出來吧，不過能不能改善他們的待遇呢？

吃完飯後我和女僕商量，看來配發上等餐點與毛巾這種程度是可行的，但任意使用備品這件事在她的權限範圍外，因此必須要由子爵撥出預算才行的樣子。

錢的問題嗎？那樣的話，要不要從儲倉拿出來？

「需要多少錢呢？」

「只有一個人的話，銀幣一枚就很足夠了，不過由於有將近一人，全員需要金幣兩枚。」

什麼嘛，光這樣就可以了嗎？我從口袋中取出金幣兩枚交給她，請求她改善牢房的人們的待遇。

「哇～咿。」

「軟軟的喲！」

波奇和小玉在床鋪上跳來跳去。

小孩子一旦看見床，就會想當作蹦床來跳呢。

莉薩也坐在床沿，拘謹地在享受著床鋪的反彈力。

大家理應在各自的床上睡覺，不過波奇和小玉以一起睡比較好的楚楚可憐眼神拜託我，所以變成了全員一起睡。

只讓莉薩一個人睡也會很寂寞。

我在宛如能讓身體沉陷下去的床上躺平。

在迷宮的時候，為了確保獸娘們的安危而始終醒著。一方面已經習慣通宵，也因為精力值很高的緣故，即使不睡也並不那麼痛苦。

不過著實是累積了不少疲勞的樣子，我把身體託付給床鋪一放鬆下來，立即感到睡意襲遍全身。

我像抱著熱水袋似的，抱著體溫高的波奇和小玉，享受久違的安眠。

軟禁生活意料之外地充實。

一旦閱讀在迷宮內獲得的魔法入門書和煉金術入門書，時間轉眼即逝。

我抓住空閒就練習魔法咒語，然而那個超高難度的詠唱我一次也沒有成功過。

獸娘們是不習慣悠哉的生活嗎？十分坐立不安，因此我讓她們在中庭練習揮短劍及簡單的柔道作為發洩。

由於書籍不夠，我請女僕幫我買了書。拿出太多現金又有點可疑，我便把從子爵那裡收到的寶石充當貨款。

我也請她幫波奇和小玉購買了繪本，可是為了不會認字的兩人，變成由我來朗讀。

總覺得，好像自己有了小孩的心情。

而且，說是被軟禁，也並非沒有會面者。猶如文官的人就到訪了兩次。

第一次是來歸還因迷宮內的事件而徵收寄放的行李。

當時聽到「迷宮中的拾得物品，所有權歸回收者」這句話，稍微嚇了一跳。

畢竟在迷宮內殺害後掠奪的話，不就會變成那個人的所有物嗎。

我很懷疑因而試著提出了問題。

「不要緊，大和石的賞罰欄會做判定。迷宮都市的話，會把擁有能識破重大罪犯的『判罪之瞳』天賦的人配置在迷宮出口，聖留市各門也有具備此天賦的衛兵在。」

看起來是很方便的天賦——似乎是先天技能——可是，只有烏里恩神的虔誠信徒家系裡才發現得到。

烏里恩信徒的話，這是數百分之一的機率才能被賦予的技能，所以每個都市裡似乎有好幾人。

其他神明的信徒會被賜予什麼樣的天賦呢。

果然神明都好像會在最後取個「恩」字，但只有龍神阿空加古拉的名字規則不一樣，這是有什麼意義嗎？

思考有一點偏題了，她的話才剛剛開始。

和行李一起寄放的魔核因為被領政府強制買下，所以他們片面給予我裝了對等價值貨幣的小袋子。她說這是在領內狩獵魔物時的規定，即使迷宮也不例外。

至少放入了與市場行情相當的金額，因此我毫無怨言。

根據文官的說話口氣來判斷，魔核應該是經常性不足的資源。在處理儲倉內的魔核時注意一下吧！

「無法確認這塊魔物的肉的安全，因此會沒收。這把長槍也是用魔物的身體部位所製成，無法允許攜帶進市內。」

莉薩反應誇張地回過頭來。

好、好稀奇，莉薩生氣了？

莉薩真恐怖，讓我毛骨悚然。妳看，大姊姊的笑容也僵硬了。

我認為考慮到防疫的話，捨棄肉塊是很妥當無虞。可是她似乎很喜歡這把長槍，交涉看看吧！

「那把長槍因為有高性能，能不能請有鑑定技能的人幫忙查一下有沒有危險性呢？當然鑑定費用我會負擔，如果確認是安全的，希望能還給我們。」

「我、我知道了。我會安排。如果鑑定後確認安全，會和其他的武器一起在你們出城時歸還。」

「好，麻煩妳了。」

對了，必須要討論獸娘們的事。

「那個，我有問題——」

我嘗試詢問獸娘們的所有權。

「原來如此，你在迷宮保護了主人已經過世的奴隸，並帶到外面來嗎？」

「對，沒錯。」

莉薩也輕輕點頭。波奇和小玉倚靠在莉薩的腿上，作癱軟乏力狀。因為很無聊吧？

「那樣的話，這些亞人奴隸們就是你的了。」

「是這樣嗎？」

我還以為要買下來，讓她們從奴隸中解放。

「在迷宮中失去主人的奴隸，只要並非殺害其主人加之搶奪，與迷宮的拾得物品相同，是撿拾者的所有物。所以於情於法，這些奴隸的主人都是你。」

大姊姊在適用於證書的紙上窸窸窣窣地寫了什麼，伸手遞給我。

「這是表示奴隸所有權歸你的臨時官方證書，只可以在市內通用，所以請儘早到奴隸商會或公所正式簽訂奴隸的擁有契約。」

我詢問了城內能不能處理，不過被說是負責的機關不同，所以不行。看來在異世界，組織也是垂直運作。

此時，我告知了迷宮內確認過的死者名字，並交出遺髮，第二次便是這個的結果報告。

在迷宮出口的臨時駐紮處牆上，由於有張貼遺屬報上的名單，遺髮便能安然無事地交到他們手上的樣子。遺物則讓遺屬只買下他們想要的東西，給了我同等價格的買收金，似乎還要被抽稅。

我和文官說無償即可之後，被回以如此答案：

「請你收下，無償的話會出現假裝是遺屬的不肖人士。」

原來如此，貪圖利益之人。

如果收錢感到心裡難受，可以捐贈給育幼院或是奉獻給神殿，她這麼建議。

原來如此，這不錯耶。捐款對象下次找潔娜商量看看。

被軟禁後第五天，潔娜和歐奈結伴和我面會。

我們一邊喝著女僕所泡給我們的「藍紅茶」——擁有滿滿吐槽點名稱的茶，一邊交換情報。

「那麼，潔娜妳們從軟禁狀態中被釋放了？」

「是的，魔法師不夠的關係，很快就從軟禁中被釋放了，可是從那之後一直在迷宮出口的臨時駐紮處工作。」

「那真是辛苦呢。」

明明才從迷宮逃出來沒多久，直接就執行勤務。雖然我沒見過伯爵，但這傢伙是魔鬼哪！

「我是迷宮調查部隊的聯絡人員，所以不至於那麼辛苦。正職的魔法師們為了不讓迷宮延伸到都市底下，都在努力設置結界直至魔力枯竭為止。」

「忙碌的不只有魔法師，我們神殿也在進行建造完成的石碑祝聖儀式。這三天連睡覺的餘暇都沒有。」

歐奈，如果妳辛苦到那種地步，不需要陪潔娜過來，待在神殿休息就好了。

「迷宮前的陣地用臨時設置的圍牆遮蔽起來了，街上的謠言也讓吟遊詩人他們限制傳遞內容而完善地壓了下來，所以佐藤先生你們也應該能在幾天以內被釋放。」

太好了，這裡雖然舒適卻開始有點膩了。

吟遊詩人之中似乎也有類似播報員的人存在，若在遊戲，便是輔助魔法的重要人員，感覺很新鮮。

真的被釋放是在潔娜來訪的三天後。

「佐藤大人！」

邁向城的正門途中，發現了同樣被釋放的尼多廉他們。

「我從獄卒那裡聽說了，佐藤大人送了溫暖的伙食和墊褥給我們，我們一致感謝您。」

因為尼多廉的話語而注意到我的存在了嗎？周遭的男人們也口口聲聲地向我道謝。中間話題雖然變成了牢房的伙食是怎麼樣地好吃，但是待遇有確實地改善真是太好了。

「謝謝，比西街的伙食還要豪華唷！」

「真的。雖然沒有附酒，但我沒想到牢房裡會出現放了肉的燉湯！」

「那個真好吃哪！我都想多待幾天了。」

「回到西街跟大家說，誰也不會相信。」

「沒錯。」

那般說著的男人們爽朗地笑了，是一群明明被打入牢房卻沒有意志消沉的人們，我想學習這堅韌的精神。

尼多廉說讓我免費辦理獸娘們的契約手續以代替謝禮，我遂走在往他等待著的奴隸市場的路上。

雖然想一起去，但載客馬車的車夫拒絕搭載獸娘們，因此我們便走路過去。

若在南方的公爵屬地或西南方的迷宮都市，待人態度會再好一些的樣子，或許搬去那裡比較好。

「喂，那裡的犬耳族。」

又是，閒來無事的傢伙來找碴了嗎？我煩躁地轉過身。在那裡的，是在迷宮裡從蜘蛛手中救助過的金髮年輕人的身影。

說起來，我和尼多廉講話的時候，他是不是想說些什麼。

「有什麼事？」

「不是你，我有事找那邊的小鬼。」

都受到那樣的幫助了，還想把她罵得狗血淋頭嗎？即使是忘恩負義之人也太過分了哪！

我不假思索地怒瞪，可是那傢伙並沒有看我。我和對面凶惡的彪形大漢四目相對，不過那傢伙驚慌地撇開視線往巷子內消失了。

為什麼？反正連威脅技能都有了。真不明白。

在我被那傢伙分心之際，年輕人僅向波奇告知了想說的事情——

「謝謝妳救了我。之前踢妳，很對不起。」

——遂離去了。

雖然聲音很小，不單單是我，波奇她們也清楚地聽見了。

我不認為他討厭獸人的性格會改正，不過至少變好了一點，這樣就好。

我盡情地撫摸以炫耀表情抬頭看過來的波奇頭頂，她的尾巴搖晃得像是要扯斷了似的。

我也一併摸了摸從一旁撲抱上來的小玉，莉薩則在旁邊注視著兩人點了點頭。妳是媽媽啊。

隨後，我在尼多廉那裡以獸娘們的主人身分正式締結了契約。

我本打算立刻告辭，可是受到他懇求，希望我看看奴隸拍賣市場賣剩的奴隸們，我便決定做個人情給他。

雖然我讓獸娘們成為了奴隸，但我有意很快就釋放她們，也不打算買新奴隸。比起那個，我倒想僱用觀光導遊。

尼多廉所介紹的奴隸們，都是拍賣市場賣剩的，所以實際上是有問題的奴隸。

我適當地把關於奴隸們的說明當作耳邊風，終於到了再介紹兩個人就會結束的時候。

見到下一個女孩，我重新評價了尼多廉作為奴隸商人的本領。

原來如此，連續介紹有問題的奴隸們直至現在，都是為了凸顯這位女孩嗎！

那個少女是之前在中央大道見過的和風美少女。

十四歲，頗為幼齒，但的確有可愛夢幻的美貌。黑色長直髮正表達著礦泉水電視廣告所呈現出的清純感。我如果是羅莉控，確實會下手吧。

「我叫露、露露。」

她以模糊細微的聲音，告知了自己的名字。是很容易害羞的人嗎？才講了一句話，又把臉低下去。

難得的美少女臉蛋被黑髮給藏了起來。

尼多廉接續露露後面說道，但對於那番內容，我相當懷疑我的耳朵。

「雖然是『很醜』的女孩，卻有禮儀技能——」

說這個孩子很醜？

這個孩子難看的話，那全世界九十九%以上的女性都很難看了唷？

我還想這是不是稱讚美少女的特殊迂迴說詞，不過從他的話聽來並非如此。

是審美觀不同嗎？

獲得尼多廉的許可，我可以觸摸她的頭髮與臉頰。

並不是臣服於她的魅力而轉職成為羅莉控，而是有些想弄清楚的事，所以要做確認。

我在她的耳朵旁邊悄聲說了一句話，她彷彿聽到了不知名的語言，正困惑著的樣子。

還以為該不會有那個可能性，但似乎不是日本人。

接下來介紹給我的，是之前和露露一起被運送的紫髮幼小女孩亞里沙。

十一歲頗為年幼，卻是有著飄逸柔軟秀髮與北歐系五官的美幼女。

雖然不及露露的程度，可是這樣的美人賣剩了，一定是之前我看到過的不祥稱號的關係。

亞里沙杏眼圓睜，乞求般的盯著我看。

說是看傻了也可以。

「佐藤大人，真是抱歉，她平常是很聰明伶俐的女孩，連不吉祥的紫色頭髮也能讓人覺得無足輕重，可是看來敗給了佐藤大人的魅力……」

尼多廉一邊做奇怪的解釋，一邊推銷稚嫩女孩。

沒有，那個解釋無論你怎麼說都是沒有的事。我不禁苦笑了出來。

但是，不是因為稱號，而是因為髮色才賣剩下來的嗎？

我認為紫色頭髮確實是很稀奇，不過是怎麼個不吉祥呢？

「初次見面，『佐藤』大人。」

儘管是小孩般的聲音，呼叫我名字的發音感覺卻有一些不同。

「我叫作亞里沙，是亡國的奴隸之身，我會如您所願地傳達這個『世界』的知識，一定能成為您的各種助力。」

與稚嫩的聲音不符，是很明確的措辭。感覺像參加就職活動的學生的自薦話術，是想太多了吧。

即使擁有不吉的稱號，不愧是前公主，自我推薦的同時仍舊無損那高貴的微笑。只是，「各種」這裡感覺有什麼涵義。

到底是小學生左右的孩子，我可沒有打算要求性方面喔？
髮色暫且不管，剛才「這個世界」的說法，還有「亞里沙」的名字，讓我很在意。
我向尼多廉取得許可，把和方才對露露做過的同樣事情，試著對亞里沙做了。
「呀——拿掉，我很怕蜘蛛！真是的，差勁透了！」
方才裝模作樣，猶如公主般的態度消失無蹤，回歸到了像是普通女孩子似的反應。
沒錯，我在她們耳邊用「日語」低聲說了：「妳頭髮上有蜘蛛唷！」
我不清楚亞里沙原本是寫成什麼漢字，但她肯定是我的同類。

露露和亞里沙。
也許自從看到乘坐在馬車上的兩人時，就注定她們會開口叫我「主人」了。

後記

非常感謝各位拿起這本書！

而且，我要向購買這本書的您致上最深的感謝！

初次見面，我是愛七ひろ。

包含從ＷＥＢ版開始支持本作的朋友，由於這是第一次在紙張上打招呼，我想果然還是這句問候語適合。

本作《爆肝工程師的異世界狂想曲》是從二〇一三年三月三日在小說投稿網站「成為小說家吧（小説家になろう）」開始連載，經過半年有餘的每日更新，現在以每週一話的速度持續投稿的作品。

很幸運地獲得了許多讀者朋友的支持，被大量感想督促激勵而得以持續連載，我才能夠獲得富士見書房的青睞，談及出書這般出乎我意料的事，這本書於焉誕生。

對於從ＷＥＢ版開始建構這本書，我注意的事有三點。

首先，第一點是「能夠滿足ＷＥＢ版的讀者」。

有ＷＥＢ版的讀者朋友存在，才得以順利出書。難得書都買了，只被堆在書架上就太悲哀了。

因此，我不只是改稿，還追加了幾個有閱讀ＷＥＢ版才能感受到趣味的場景。當然，自己人才知道就沒有意義了，於是寫成了新讀者可以當成普通伏筆去閱讀的內容。

ＷＥＢ版的讀者朋友一定會在各式各樣的場景中，想對男主角和作者吐槽的，一定不會錯。

所以，請不要堆在書架上，務必讀讀看。

第二點，成為「新讀者即使只閱讀實體書籍版也能感到有趣的書」。

雖然是理所當然，但從第一集開始就以ＷＥＢ版的知識作為前提的書籍，門檻太高了。所以我追加了不懂「成為小說家吧」的老梗的人能夠感覺有趣的說明，並大刀闊斧減少份量過多的說明與冗長、沉悶的場景。

第三點，是「令人讀完之後想再讀一次的書」。

讀完以後覺得很有趣的朋友，務必請再從頭讀一次。草草過目的部分肯定有小小的伏筆存在。

我一邊把這些事項放在心上，一邊修正在ＷＥＢ版不受好評的地方，並強化在ＷＥＢ版受大家讚賞的地方。緊繃改稿的結果，七成以上都是新寫的，剩下的三成也經過潤飾修正，我想很難找到ＷＥＢ原本之處。

全新場景更是多得不得了，所以大力推薦給正猶豫要不要購買的人。

儘管這種情況進行辛苦卻愉悅的執筆作業，卻也並非一帆風順。

原本預定避開正職的繁忙期進行出書工作，卻因為正職的開發期延長的緣故，等待著我的竟是一場與這本書的修改作業完全重疊的試煉。

雖然已徹底習慣正職的加班修羅場，但是在和往常迥然不同的修羅場中，我是不是就這樣被召喚到異世界去，這就是祕密了。

一直講辛勞的話題也不怎麼開心，就先寫到這邊。

最後是感謝辭。

以責任編輯H為首的富士見書房的各位，以及為我畫出漂亮插圖的ｓｈｒｉ老師，還有和印刷通路裝訂相關的所有人，十分感謝！

然後是各位讀者，真的很謝謝你們把本作讀到最後！

下一集再見！

愛七ひろ

國家圖書館出版品預行編目資料

爆肝工程師的異世界狂想曲 / 愛七ひろ作；夏琳譯. -- 初版. -- 臺北市：臺灣角川, 2015.04-
冊； 公分
譯自：デスマーチからはじまる異世界狂想曲
ISBN 978-986-366-463-5(第1冊：平裝)

861.57 104003098

Kadokawa
Fantastic
Novels

爆肝工程師的異世界狂想曲 1
（原著名：デスマーチからはじまる異世界狂想曲）

2015年4月16日 初版第1刷發行
2019年3月12日 初版第7刷發行

作　者：愛七ひろ
插　畫：shri
譯　者：夏琳

發 行 人：岩崎剛人
總 經 理：楊淑媄
資深總監：許嘉鴻
總 編 輯：蔡佩芬
編　　輯：林吟芳
美術設計：宋芳茹
印　　務：李明修（主任）、黎宇凡、潘尚琪

發 行 所：台灣角川股份有限公司
地　　址：105台北市光復北路11巷44號5樓
電　　話：（02）2747-2433
傳　　真：（02）2747-2558
網　　址：http://www.kadokawa.com.tw
劃撥帳戶：台灣角川股份有限公司
劃撥帳號：19487412
法律顧問：有澤法律事務所
製　　版：巨茂科技印刷有限公司
ＩＳＢＮ：978-986-366-463-5
香港代理：香港角川有限公司
地　　址：香港新界葵涌興芳路223號
　　　　　新都會廣場第2座17樓 1701-02A室
電　　話：（852）3653-2888